Landleben: Läuft …

Eva Andorn

Landleben: Läuft ...

... meistens. Neues von Otto und seinen
Zweibeinern.

– Kurzgeschichten –

Bibliografische Information der Deutschen Nationalbibliothek:
Die Deutsche Nationalbibliothek verzeichnet diese Publikation in der
Deutschen Nationalbibliografie; detaillierte bibliografische Daten sind
im Internet über dnb.dnb.de abrufbar.

Copyright © 2024 Eva Andorn

Illustration und Gestaltung Einband: Kai Sinzinger

Illustrationen innen einschl. Foto S. Seite 197: Carla Moenig

Satz: Kerstin Kühl

Verlag: BoD · Books on Demand GmbH, In de Tarpen 42,

22848 Norderstedt, bod@bod.de

Druck: Libri Plureos GmbH, Friedensallee 273, 22763 Hamburg

ISBN: 978-3-7693-2249-1

Über dieses Buch

Eine Frau und ein Mann, beide Großstädter, und ihr erster Hund, Leonberger Otto, leben seit einem Jahr auf dem Land, in einem 40-Einwohner-Dorf in Brandenburg, in der Prignitz. Sind sie auch angekommen?

Dieses Buch erzählt vom Alltag des Paares, miteinander, im Dorfleben, im Garten, bei der Hundeerziehung. Von Zweifeln und Zipperlein, Rückschlägen und kleinen Erfolgen, Tierbegegnungen und Pflanzenentdeckungen. Von den Besonderheiten des Landlebens, von Menschen. Stets mit einem Augenzwinkern, denn mit Humor lässt sich alles besser meistern, ob mickrige Ernte, Wanzen im Bett oder bockiger Junghund.

Und nicht zuletzt geht es um den liebenswerten Sturkopf Otto, der Pubertät und erste Liebe erlebt und mit dem es nie langweilig wird.

Über die Autorin

Die Autorin hinter dem Pseudonym Eva Andorn, Jahrgang 1970, wuchs im Ruhrgebiet auf. Sie ist ausgebildete Sprach- und Literaturwissenschaftlerin, PR-Beraterin und Lektorin und lebte in Bonn und Berlin, wo sie unter anderem für verschiedene Redaktionen tätig war. Nach mehr als zwanzig Jahren in der Hauptstadt zog es sie aufs Land. Sie lebt mit Mann, Hund und Hühnern in einem Dorf in der Prignitz/Brandenburg. 2023 erschien ihr Kurzgeschichtenband *Mit Otto aufs Land*. Wenn sie nicht gerade selbst schreibt, arbeitet sie als freie Lektorin.

Giersch siegt immer.

Jacques Berndorf: Eifel-Träume. Dortmund (15. Aufl.) 2004.

Inhalt

Der Charme der Prignitz

Die Prignitz ist weit, flach und grün. Hier leben sechsundsiebzigtausend Menschen, seit fast einem Dreivierteljahr auch wir: mein Mann Marc und ich und Junghund Otto.

Unser Dorf zählt etwa vierzig Einwohner, zwanzig Hunde, außerdem Kühe, Schweine, Hühner, Gänse, Wachteln, Pferde, Esel und einige Katzen. Sehr viele Mäuse auch und Maulwürfe. Den Ziegenbock musste Nachbar Christo abgeben, nachdem der ausgewachsen war und Christo und Hündin Bella sich nicht mehr in den Garten trauten.

Ob mit oder ohne Bock – wir fühlen uns wohl. Wildfang Otto ohnehin, so viel Platz, so viel zu schnuppern und zu erkunden. Pudelwohl fühlt er sich – in seinem Fall: leonbergerwohl.

Wie könnte man sich hier nicht wohlfühlen? Nur an den etwas eigenen, rauen Charme der Prignitzer mussten wir uns erst gewöhnen. Vielleicht hängt dieser damit zusammen, dass hier auf jeden Quadratkilometer bloß sechsunddreißig Bewohner kommen: Bei so dünner Besiedlung liegt es nah, dass man sich kaum in Small Talk, in Höflichkeitsfloskeln üben muss. Hier hat man sich entweder was zu erzählen, oft viel, oder eben nicht. Auf jeden Fall hält man sich nicht mit oberflächlichen Nettigkeiten auf.

Zum Beispiel stand ich im frühen Januar an der Tankstellenkasse und wünschte nach der Begrüßung „Ein frohes neues Jahr!"

Und die Frau hinter der Kasse sagte, ohne aufzublicken, „Danke" und tippte weiter in ihr Handy.

Ich soufflierte in Gedanken ein „Ihnen auch!" Muss man sich nicht mit aufhalten, aber wäre doch nett.

Ist nicht böse gemeint, das weiß ich inzwischen.

Neulich brachte ich unseren Nachbarn von schräg gegenüber, Familie Schulz, Kuchen vorbei. Dafür hatte ich mich nicht extra umgezogen, und da ich zuvor im Garten gearbeitet hatte, trug ich meine fleckige Arbeitshose, die in bematschten Gummistiefeln steckte, obenrum T-Shirt und Softshelljacke, die Haare hatte ich etwas nachlässig zu einem Knoten zusammengedreht. Ungeschminkt war ich sowieso.

Herr Schulz musterte mich und sagte Prignitz-charmant: „Du siehst schon aus wie eine Bäuerin."

Dazu setzte er seinen sphinxhaft unergründlichen Blick auf. Und es war nicht so, dass er im Sonntagsanzug vor mir gestanden hätte, stattdessen trug er seinen durchaus etwas abgeranzten Blaumann.

Marc meinte nachher: „Wie hat er das denn gemeint?"

„Ich glaube positiv", riet ich.

„Du freust dich ja richtig."

Ja, ich freute mich wirklich. Das war bestimmt auf Prignitzer Art ein ziemliches Kompliment.

*

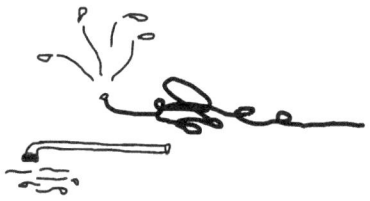

Regentanz

Urschrei. Das musste sein. Sofort frage ich mich: Hat das jemand gehört? Christo, falls der in seinem Garten werkelt, oder Herr Schulz, der immer alles zu sehen und zu hören scheint?

„Was ist los?", Marc steckt den Kopf aus der Wintergartentür und klingt eher irritiert als besorgt.

Es ist doch offensichtlich, was los ist: Ich bin von oben bis unten triefnass, von der Brille bis zu den Schuhen.

Ich renne Richtung Wasseranschluss, verfange mich dabei kurz in einem Beißring des Hundes, ich sehe halt wenig durch die besprengten Gläser. Schaffe es, mich nicht hinzupacken, schüttele den Beißring vom Schuh.

„Schlauch!", rufe ich im Vorbeirennen, atemlos und übellaunig, und stelle das Wasser ab.

„Du machst das schon", sagt Marc und zieht sich schnell wieder zurück.

Es gibt so Tage … Der Gartenschlauchaufsatz mit der „Brause" sprang mir gerade zum zweiten Mal hintereinander ab. Das Wasser schoss unkontrolliert aus dem Schlauch, und ich stand im Weg. Passiert natürlich dann, wenn ich maximal weit vom Wasseranschluss entfernt bin.

Spurt, Wasser abstellen, also Pumpenstecker ziehen, Hahn auflassen. Zurück und Restwasser aus dem Schlauch ablaufen lassen. Den Aufsatz wieder aufs Schlauchende friemeln. Hebel auf „zu". Noch mal zum Anschluss: Wasser anstellen. Der Stecker hat sich verklemmt. Macht ja nichts. Kurz tief durchatmen. Problem beheben, weitermachen.

Es ist Mitte Juni, und es regnet einfach nicht, seit Wochen. Als wäre schon Hochsommer. Genauer gesagt fing das an, als wir den großen Regenwasserauffangtank gekauft hatten. Nach Wochen mit ständigen Niederschlägen, ob Niesel, ausdauernder Landregen oder Unwetter mit Hagel. Kaum hatte Marc das Ding aufgebaut und die Dachrinne „umgeleitet", da fiel kein Tropfen mehr.

Heißt: tägliches Wässern, vorn, hinten, an den Seiten. Nicht meine Lieblingsaufgabe, aber nicht zu ändern. Nur die Wiese lassen wir aus, um Wasser zu sparen – soll das, was da wächst, braun werden, da gedeihen ohnehin mehr Beikräuter und Maulwurfshügel als Gras.

Ich rechne lieber nicht gegen, ob ich durch mein Ungeschick weniger Wasser vergeude, als ein Rasensprenger verbrauchen würde.

Wenn ich mal gar keine Lust habe und mir einrede, dass es bewölkt ist, spätestens am nächsten Vormittag regnen wird und ich also das Wässern und Gießen ausnahmsweise ausfallen lassen kann, kommt die Quittung am nächsten Tag, an dem natürlich kein Tröpfchen vom Himmel fällt. Dann ist der sandige brandenburgische Boden so trocken, dass mein Gießwasser einfach abperlt. Nicht gut.

Ja, ich weiß, ich darf die fünfzig Meter Schlauch nicht einfach hinter mir herzerren, nein, ich nehme den Aufsatz in die linke Hand, ein paar Meter aufgewickeltes Schlauchende klemme ich mir unter den Arm und ziehe die blaue Schlange ganz vorsichtig durch den Garten. Aber erstens bin ich ungeduldig, zweitens eher grobmotorisch veranlagt und drittens ist das Ding gerade im flexiblen Kräuterbeetzaun hängengeblieben, der nun in einem unschönen Winkel im Beet liegt. Brause wieder ab, dritter Akt, Wasser marsch, nein, ich schreie nicht noch mal, ist doch peinlich.

Alles wieder von vorn. Aus dem Augenwinkel sehe ich, wie Otto die Gelegenheit nutzt, endlich mal durch das Kräuterbeet, eine für ihn verbotene Zone, zu stromern. Forsch stapft er durch den Schnittlauch, um dann am Salbeibusch ein Bein zu heben.

„Nein! Otto!!!"

War was? Ich hab nichts gehört, scheint sich das Biest zu denken und fängt an zu buddeln.

Atmen! Ich scheuche den Hund aus dem Beet und richte den Zaun notdürftig wieder auf. Putze mir die Brille, bei der Gelegenheit, bevor ich mich noch mal in einem von Ottos Spielzeugen verfange oder über einen Ast oder Holzklotz stolpere. Eins von Ottos Lieblingsspielen ist es, Brennholz im Garten zu verteilen.

Ich wässere noch die Bartnelken, das war es schon, dafür der ganze Aufriss und die unfreiwilligen Duschen. Blick auf die Uhr: elf Uhr dreißig. Der Hühnerstall ist noch nicht gereinigt, und die Vögel haben noch kein Futter. Ich sollte auch ein wenig arbeiten, also für mein Einkommen – später.

Warum vergeht die Zeit auf dem Land so schnell? Jeden Tag. Ich hatte mich die ganze Zeit auf den Sommer hier gefreut. Schon durch die längeren Tage müsste man doch mehr schaffen und noch dazu mehr Zeit zum Entspannen haben. Ist aber nicht so.

Vielleicht sollte ich Rituale für einen Regentanz googeln.

Marc traut sich wieder raus, einen Kaffeebecher in der Hand, Blick in den Himmel.

„Was für ein schöner Tag wieder!", ruft er.

Mhm.

„Morgen bist du dran mit Wässern!", antworte ich nur.

Marc lächelt ganz entspannt und meint: „Morgen soll's regnen."

*

Das geht vorbei

Wir sitzen draußen bei Christo, trinken Kaffee und schauen unseren Hunden zu, die durch den wilden Garten toben. Vor allem einer tobt: Otto. Schäferhündin Bella, Ersatzmutter und Heldin unseres Kleinen, scheinen seine auffordernden Prankenhiebe nicht ganz geheuer zu sein. Kein Wunder, Otto bringt jetzt fünfundfünfzig Kilo auf die Waage und ist entsprechend kräftig. Bella schaut zu Christo, als wollte sie ihn fragen: *Was mach ich denn jetzt? Der lässt mich nicht in Ruhe. Hilfe!*

Vorhin, beim sonntäglichen Spaziergang durch die Felder, wusste sie sich selbst zu helfen, Not macht erfinderisch: Sie schnappte sich einen dicken, langen Stock und trug ihn vor sich her, so konnte Wildfang Otto ihr nicht mehr zu nah kommen.

Reden wir nicht drum herum: Otto rutschte aus der Welpenzeit in die Präpubertät, die nun anscheinend in die Hochpubertät übergegangen ist. Er ist fast vierzehn Monate alt. Er ist wild, bockig, stur und manchmal einfach nur verrückt.

Ich habe nicht mitgezählt, wie oft wir in den letzten Monaten hörten: „Der wird noch ruhiger" und „Das wächst sich aus, das geht vorbei." Soso. Weiß auch jemand, wann?

Es läuft nicht alles schlecht. Otto geht gut bei Fuß und zieht nicht stark, wenn es keine ungewöhnlichen Reize gibt wie Katzen, andere Hunde, Eichhörnchen, große Vögel, Kinder, Menschen, die er mag, die er kennenlernen möchte oder die gerade einen gutriechenden Einkauf in ihrer Tasche dabeihaben.

Auch unsere Aufmerksamkeitsübung klappt meistens gut: Ich bringe ihn im Schlosspark ins Sitz und dann ins „Platsch", zeige ihm die „Warte-Hand" und entferne mich rückwärts ein paar Meter, verstecke mich manchmal sogar kurz hinter einem Baum. Otto bleibt in der Regel geduldig liegen, bis ich ihn rufe und dann natürlich fürs Kommen ganz doll lobe, während ich ihm ein Leckerli gebe.

Doch wehe, wenn etwas Ottos Interesse weckt. Wie das Eichhörnchen, das den Baumstamm hochflitzt, oder der Kater, der sich auf einmal vor uns mitten auf der Straße rekelt.

Inzwischen lasse ich in solchen Situationen die Leine los. Bisher konnte ich Otto immer wieder einfangen. Falls nicht, würde er hier im Dorf nicht weit kommen und wahrscheinlich irgendwann zurück nach Hause laufen. Und zum Glück gibt es hier kaum Autoverkehr.

Ich bin ja lernfähig. Neulich meinte ich nämlich noch, ich müsste den Hund unbedingt festhalten. Fehler.

Herr Schulz werkelte am Tor und winkte, rief mir etwas zu, was ich nicht verstand. In dem Moment kam ein brauner Labrador auf Otto und mich zugeschossen vom Schulzschen Grundstück, bellend. Besuch mit Hund, Hund ohne Leine. Otto legte sich nur ganz kurz hin, dann wollte er los, und zwar ruckartig. Ich fiel auf den Hintern, die Leine fest in der Hand, Otto im Schwitzkasten. Bestimmt ein komischer Anblick. Schulzens Besuch pfiff den Labrador zurück, der vorbildlich hörte, Angeber.

Herr Schulz lachte und rief: „Dein Hund macht ja mit dir, was er will!"

Töten, Töten, Töten, verlangte es in mir.

Aufstehen, Dreckabklopfen, Winken und heiter weiter, flott nach Hause. Wie ich mich schämte.

Und dann sah ich auch noch Herrn Schulz mit der alten Frau Fischer am Zaun. Bestimmt lästerten sie über mich, die Doofe, die ihren viel zu großen Hund nicht im Griff hat.

Aber auch das Gegenteil von Lossprinten beherrscht Otto auf einmal wieder, das kennen wir noch aus seiner frühen Welpenzeit: Er hat wieder angefangen, sich einfach hinzusetzen oder hinzulegen, wenn er nicht weiterwill. Zum Teil ist das, was er gerade beschnüffelt oder ausgräbt, wohl spannender, zum Teil scheint er einfach bloß sitzen zu wollen, ganz wie bei Loriot. Und versuche mal jemand, einen sitzenden Leonberger von der Stelle zu bewegen.

Mehrmals meinte er, das morgendliche Gassigehen verweigern zu können, und fing schon im Garten an zu bocken. Besonders dann, wenn wir Besuch hatten, da könnte man ja was verpassen. Einmal hatte ich es geschafft, mit ihm ein paar Meter die Straße entlangzugehen, da setzte er sich wieder trotzig hin. Ich zog, Otto schüttelte seinen Kopf hin und her, und plötzlich hatte er sich aus dem Halsband gewunden, der Houdini unter den Hunden. Er war offenbar kurz genauso verblüfft wie ich, ich konnte noch „Lauf zum Vati!" rufen, da trabte er schon zurück Richtung Tor.

Auch das Zusammentreffen mit anderen Hunden wird in der Pubertät nicht einfacher. Obwohl Otto grundsätzlich ein friedlicher, lieber Geselle ist, neugierig und verspielt. Er verhält sich erst mal unterwürfig, legt sich platt hin, Hintern hoch. Manchmal springt er abrupt los, wie beim braunen Labrador, vielleicht könnte man es erahnen, wenn man die Hundesprache verstände. Womöglich signalisierte ihm sein Gegenüber: *Ja, lass uns spielen, komm schon!*

Was uns leider immer wieder auffällt: Wenn sich andere Hunde aufs Balgen und Rennen mit Otto einlassen, wird er ihnen meistens schnell zu viel, zu groß, zu wild. Sie ziehen sich zurück, Otto setzt nach, will weitermachen, sie geben ihm durch Bellen, Knurren, Schnappen zu verstehen, dass es ihnen reicht. Und unser Riesenbaby versteht die Welt nicht mehr. Bella immerhin spielt noch mit ihm, aber manchmal wird es eben auch ihr zu heftig.

Mit uns Zweibeinern hingegen will er gerade lieber nicht Ringe oder Hölzer fangen. Bälle schon gar nicht, die zerbeißt er nach wenigen Minuten. In letzter Zeit zieht er sich lieber zurück mit Beute wie einem zerfetzten Ball oder mit Teddy Nummer sechs, liegt auf der Wiese oder in seiner Kuhle, die er sich unter der Tuja eingerichtet hat.

Was er mit uns sehr gern tun würde: uns begatten. Vor ein paar Wochen spielte er mit Ronja, der Hündin von gegenüber, ein hübscher, mittelgroßer, schwarzbrauner Mix. Er pirschte sich von hinten an, aber Ronja gab ihm gleich Bescheid. Es geht los, dachten wir, die Hormone … Und seitdem sind wir, in Ermangelung an willigen Hündinnen, das Objekt seiner Begierde.

Wenn ich vorm Beet knie, um am Rand den Giersch zu entfernen, muss ich aufpassen, schnell habe ich zwei Pfoten auf den Schultern. Wenn Nachbarin Anni vorbeikommt, die extra ihre kleine Hündin Flocke zu Hause lässt, springt Otto zur Begrüßung vor Freude an ihr hoch, und da sie nicht besonders groß ist, sind sie auf Augenhöhe. *Ich mag dich doch so gern und muss dir darum quer durchs Gesicht schlecken!* Schnell wegdrehen. Mit „Nicht springen!" wieder auf den Boden geholt, schleicht sich der Hund in Annis Rücken, ein Laut zwischen Flehen und Drängen, schon setzt er an zum Sprung.

„Du hast da was im Rücken …", rufe ich.

Zum Glück weiß Anni sich zu wehren, sie ist viel hundeerfahrener als wir.

Leider fällt Kuscheln mit Otto für mich also schon länger flach. Wie früher kommt er zum Sofa und setzt die Vorderpfoten aufs Polster, fängt aber nun meistens sogleich an zu rammeln. Ich winde mich raus und schaffe es dank Bodenkampftechniken, den Brocken wieder auf den Fliesen abzustellen. Otto legt sich zurück auf seine Decke, wahrscheinlich frustriert. Er tut mir durchaus leid.

Ein weiterer Pubertätsaspekt, den ich auf den Hormonhaushalt des Junghunds zurückführe: Das Tier stinkt! Klar, Hunde riechen nach Hund, langhaarige ganz besonders und solche, die gern in brackigen Bächen baden … Wir haben uns daran gewöhnt, das gehört mittlerweile zum „Familieneigengeruch" dazu, und wenn ich Otto mal nicht rieche, fehlt was.

Jedoch: Seit Wochen schon wabert da eine andere Duftnote im Pelz des Hundes. Unangenehm, penetrant. Da muss ich gleich an männliche Jugendliche denken, die ja auch nicht immer Rosenduft verströmen. Sollte es bei Hunden genauso sein?

Andere Hundebesitzer beruhigten uns, das ginge wieder vorüber. Hoffentlich! Nur Nachbar Fred hat eine andere Theorie:

Zu einer bestimmten Zeit im Sommer fräße sein Hund Oschi Waldameisen, nicht weil die so lecker wären, sondern weil sie sich mal ins Fell verirren und der Hund nach ihnen schnappt. Der Geruch käme von den Ameisen. Wir wagen aber zu zweifeln, da Otto wirklich kein einziges Insekt anrührt, und bei seinem dicken, dichten Fell würde er wahrscheinlich noch nicht mal mitbekommen, wenn sich dort eine ganze Ameisenkolonie angesiedelt hätte. Wie auch immer: Da müssen wir durch.

Und auch wenn wir wissen, dass das eine Phase ist, streiten Marc und ich zurzeit öfter über Ottos Erziehung. Er meint, ich wäre nicht entspannt genug. Das weiß ich in der Theorie, er müsste es mir nicht sagen, das verspannt mich gleich noch mehr. Ich hingegen halte ihn für inkonsequent und zu weich, und wenn ich das andeute, ist auch Marc gar nicht mehr entspannt.

Zugegeben: Inkonsequent sind wir beide, da braucht es nur einen steinerweichenden Blick vom Zottel, schon schmelzen wir dahin.

„Lass uns nicht vor dem Hund streiten!", sage ich manchmal, und dann stellen wir uns vor, wir hätten Kinder. Was es da erst für Konfliktpotenzial geben muss. Schließlich lachen wir und sind froh, dass wir trotz allem so einen lieben Kleinen erwischt haben.

Bella hat sich in den Flur verzogen. Otto saß gerade noch, etwas traurig dreinblickend, zwischen Christos Gartenskulpturen. Marc hat sich schon verabschiedet, er will noch den Komposthaufen umgraben.

„Otto, nein!", ruft Christo sehr bestimmt.

Da sehe ich es auch: Unser Hund hat sich in den Teich geschlichen. Die neue Teichfolie …

„Ja, wir sind haftpflichtversichert", sage ich nur.

„Der weiß ganz genau, dass er das nicht darf", meint Christo milde.

Otto versucht's halt: Grenzen austesten. Wie auch beim Gassigehen. Christo kennt den Burschen schon sehr gut, wir haben ihn auch schon mal bei ihm gelassen, als wir ein paar Stunden unterwegs waren.

„Er kann eigentlich alles", war im Anschluss Christos Kommentar zu Ottos Gehorsam. Das kleine Füllwort „eigentlich" hat hier seine Berechtigung.

Otto verschwindet wieder im Dickicht. Kaum sind wir kurz abgelenkt, steht er mit beiden Beinen in Bellas Trinkeimer. Es ist warm, der kühlt sich die Pfoten, das hat er schon als Welpe beim Züchter gemacht.

Marc ruft etwas hinterm Zaun, ich will Otto gerade anleinen, da sprintet der Hund los. Mit einem Satz ist er über Christos Tor gehechtet und läuft zu seinem Herrchen. Wir staunen, ich schimpfe ihm hinterher.

Aber können wir ihm lange böse sein? Wenn ich ihn zum Beispiel frage: „Gehen wir arbeiten?", er hinter mir her ins Arbeitszimmer trottet, sich hinlegt und mein Tun schnufend und schnarchend begleitet. Wenn er den Kopf schieflegt und diesen Blick aufsetzt. Wenn er vor Wiedersehensfreude Bocksprünge macht. Dann ist klar, Otto kann noch so frech sein und noch so sehr stinken, wir haben ihn lieb und freuen uns auf alles, was wir mit ihm noch erleben werden. Selbst wenn nach der Hochpubertät die Spätpubertät kommen und diese nahtlos in Altersstarrsinn übergehen sollte.

*

Sag niemals Beet

Es war schon lange mein Traum, eigene Kartoffeln zu haben. Und als wir das Haus mit dem großen Garten einschließlich einiger Gemüsebeete gekauft hatten, rief ich so ziemlich als Erstes voller Freude aus: „Wir werden Kartoffeln haben!", ganz als gäbe es nichts Wichtigeres.

Der Erdapfel wird unterschätzt, finde ich. Der kann doch alles. Von Beilage über Gemüse bis zum Hauptgericht. Viele meiner Generation aßen sich als Kinder daran satt, weil damals nur selten Nudeln oder gar Reis auf den Teller gelangten. Ich komme da nach meinem Vater: Kartoffel geht immer, egal in welcher Gestalt.

Also fragte ich im Winter Nachbarn, was hier gut wächst und besonders lecker ist, auf WhatsApp ging es dann um Desiree, Mariola, Sieglinde & Co. Schließlich bestellte ich Anfang des Jahres einen Sack Laura, hübsche rotschalige Knollen, vorwiegend festkochend. Dazu gesellte sich Antonia aus dem Supermarkt, keine Pflanzkartoffel, aber ich legte ein paar, die schon keimten, beiseite, etwas Experimentieren macht doch auch Spaß.

Ich meine, es war noch im März, als ich es nicht mehr abwarten konnte und Herrn Schulz befragte: „Kann ich die Kartoffeln schon in die Erde setzen?"

„Kartoffeln *pflanzt* man", korrigierte mich Herr Schulz. Und das könne ich tun. Mutig, aber möglich.

„Dann geh ich gleich mal ins Beet und lege los!", rief ich freudig.

„,Ins Beet', das sagen nur die Städter", meinte Herr Schulz.

„Wie sagt man denn hier?"

„In den Garten."

„Könnte ich auch sagen ,In die Kartoffeln', also wenn sie schon wachsen würden?"

„Ja, das ginge auch."

Er hat ja recht, dachte ich, ich hatte mir darüber bloß bisher nie Gedanken gemacht. Wenn ich in der Stadt sage, dass ich in den Garten gehe, dann kann es sein, dass ich etwas an den Pflanzen herumwerkle, mindestens genauso wahrscheinlich ist es aber, dass ich es mir im Liegestuhl gemütlich mache. Daher die Spezifizierung: ins Beet. Während der Garten hier zunächst mal mit Arbeit einhergeht.

Ich ging also in den Garten und pflanzte die erste Sorte. Zehn Tage später pflanzte ich auch die zweite.

Die nächsten Wochen wässerte ich bloß und wartete. Mitte Mai ließen sich Triebe blicken. Die Pflänzchen wuchsen und waren recht genügsam. Als sie zwanzig Zentimeter aus dem Boden guckten, raffte ich mit den Händen etwas Erde um sie herum zusammen und häufelte sie um den Trieb an. Nun sah es so aus, als würden die Pflanzen aus Maulwurfshügeln wachsen. Später häufelte ich noch mal, mehr war nicht zu tun. Dachte ich.

Anfang Juni rief Herr Schulz: „Habt ihr auch Kartoffelkäfer?"

„Ne, noch nicht", erwiderte ich.

„Ich hab heute über dreißig abgesammelt", meinte Herr Schulz.

Da fiel mir ein, dass eine andere Nachbarin, weit hinten im Dorf, auch auf der gegenüberliegenden Straßenseite, ein paar Tage vorher auch von ersten Käfern berichtet hatte.

„Die trauen sich nicht über die Straße!", rief ich und lachte.

Herr Schulz schaute mich kurz an, als wäre er sich nicht sicher, ob ich das ernst gemeint hatte. Ich ging dann flugs in den Garten und überprüfte meine Behauptung. Kein Sechsbeiner weit und breit.

Ich vernachlässigte das Thema gleich wieder. Die Kartoffelpflanzen hatten sich inzwischen mächtig ausgebreitet, und sie blühten. Da es ab und zu regnete, musste ich mich nicht um sie kümmern. Ein paar Tage später ging ich aber in die kleine „Plantage", um Fotos zu machen. Ich hatte mir Kartoffelblüten noch nie aus der Nähe angeschaut und war überrascht, wie hübsch die zarten Blüten in Weiß und Rosa mit ihren kräftigen gelben Stempeln aussehen, inmitten der sattgrünen Blätter. Ich schickte gleich Nahaufnahmen an ein paar Stadtfreunde, erwartungsgemäß erkannte niemand die zur Blüte gehörende Pflanze.

Und während ich das tat, sah ich ihn auf einmal: den Kartoffelkäfer. Und noch einen und noch einen. Und bei näherer Betrachtung waren einige Blätter ganz schön angefressen. Hoffentlich war es nicht zu spät, mit dem Absammeln zu beginnen.

Wenigstens sehen die Käfer eher putzig als eklig aus. Gelb mit schwarzen Streifen, wie kleine Borussia-Dortmund-Fans. Ich stupste die Viecher in ein Glas. Ich warf sie in den Hühnerauslauf, aber das Federvieh zeigte kein Interesse. Na prima. Angeblich machen sich andere Vögel nützlich, oder man könne es mit Kröten als Fressfeinden versuchen, heißt es auf diversen Garten-Internetseiten. Oder eben absammeln, am besten morgens, da seien die Tiere noch nicht so agil. Dann zerquetschen. Ne, kann ich nicht.

Ich wollte mich nicht auch noch um Kröten kümmern und kontrollierte von nun an täglich, vormittags, die Pflanzen, ließ mich dabei von den Mücken zerstechen, die sich offensichtlich besonders gern im Gemüse tummeln, was auch am Dickicht am Rande liegen mag. Mehr als fünf Käfer begegneten mir nie, und die beförderte ich in einen Hundekotbeutel, den ich ganz umweltunverträglich in die Restmülltonne warf. Meine Quote betrug etwa fünfzig Prozent, die Hälfte der Käfer konnte mir meistens entwischen, indem sie sich einfach vom Blatt fallen ließen.

Ende Juni fragte mich Christo, ob wir Kartoffeln übrig hätten.

„Kann man denn schon ernten?", fragte ich erstaunt.

„Je nachdem, wann du die gepflanzt hast."

Gute Frage. Nächste Frage: Wo sollte ich graben? Ich hatte brav einen Beetplan angelegt und dort mit bunten Post-its die unterschiedlichen Gemüsearten aufgeklebt. So könnten wir den Plan immer wieder benutzen und müssten nur die Zettelchen umkleben – Fruchtfolge und Fruchtwechsel, nicht wahr? Das hatte ich aus meinem Gartenjahrbuch gelernt. Der Aufkleber für „Kartoffeln" war gelb. Toll. Wo genau die Frühkartoffel stand – keine Ahnung. Ich hätte es an der Blütenfarbe erkennen können, wie mir sehr viel später einfiel.

Ich suchte mir also ein paar Testpflanzen heraus, die besonders groß und schon ein bisschen welk aussahen. Ich schnitt

Grün ab, lockerte den Stamm und nahm den Grubber, was keine gute Idee war, denn die scharfen Zinken schrabbten die Schale der Knöllchen auf. Immerhin gab es wirklich schon Knöllchen. Ich fand an der Schuppenwand einen Spaten, mit dem ich die Pflanzen vorsichtig herausheben konnte. Ich nahm die daranhängenden Kartoffeln ab und buddelte den Rest mit den Händen aus. Ausbeute: ein paar größere, sonst nur Winzlinge.

Den größten Teil grub ich in den Folgewochen aus, eine ganze Kiste voll. Erstaunlicherweise punktete Antonia, die gemeine Supermarktkartoffel, mit den meisten und auch größten Knollen.

Wenn ich einmal etwas Praktisches hinbekomme, platze ich vor Stolz, erst recht natürlich bei meinem Lieblingsthema: den ersten eigenen Kartoffeln! Da könnte ich sofort vor Glück veranlassen, dass das dereinst auf meinem Grabstein steht, sowas wie: „Im Jahr 2023 pflanzte sie zum ersten Mal Kartoffeln – und sie gelangen."

Erhobenen Hauptes und mit stolzgeschwellter Brust schreite ich durchs Dorf und komme bei einer Nachbarin vorbei, die mir gute Tipps zur Sorte gegeben hatte. Wir plaudern, ich fühle mich ganz fachmännisch. Sie weist hinter sich, in den Garten, alles voller Kartoffelpflanzen, sie hat noch nicht viel geerntet.

Beeindruckt bemerke ich: „Wow, das ist ja ein riesiges Beet!"

„Das ist kein Beet, das ist ein *Feld*!", sagt sie streng.

Wieder was gelernt. Ich geh dann auch mal wieder in den Garten, auf mein Kleinstfeld.

*

Wächst was? I – Frühsommerfreuden

Bei aller Vorfreude auf den Sommer war ich etwas besorgt, ob die Blumen und vor allem die Nutzpflanzen gedeihen würden unter unserer überwiegend planlosen „Obhut".

Abgesehen von meinen Kartoffeln war es vor allem das Unkraut, das ganz ausgezeichnet gedieh. Aber hier war ich nach einem Dreivierteljahr Landleben schon im „Flow", gefühlt fast Profi. Das Motto lautete: Dranbleiben, sonst Dschungel.

Das Schöne am Wühlen im Kraut: Ich lege immer wieder Pflanzen frei, die mir noch gar nicht aufgefallen sind.

Mittlerweile habe ich fünf Hortensien gefunden. Geblüht hat noch keine. Und einen blauen Rittersporn in der Ecke des Kräuterbeets, eine meiner Lieblingspflanzen.

Die erste Pfingstrosenknospe öffnete sich, nun wusste ich endlich, welche Farbe die Blüten haben: ein dunkles Rosa, wie ein perfektes Himbeersahneeis.

Überall schoss Mohn am Rande der Wiese aus dem sandigen Boden.

Natürlich irre ich mich häufiger bei meinen Entdeckungen: Zum Beispiel freute ich mich kurz über Lauch (diese breiten, kräftigen langen Blätter!), der sich jedoch als Weizen entpuppte – Hilfe, das Hühnerfutter sät sich selbst aus.

Um solche Irrtümer möglichst zu vermeiden, hatte ich eine App zur Pflanzenbestimmung installiert, die ich nun fast täglich nutze. Das macht Spaß, aber es hält etwas auf, wenn man immer wieder Fotos für die App schießt respektive immer neu googeln muss, wie Borretsch, Pimpernelle, Kerbel und Co. aussehen – Marc hatte Kräuter für die Frankfurter Grüne Soße ausgesät. Ich kann Kerbel optisch nach wie vor nicht von Petersilie unterscheiden.

Ach, hätte ich die App doch schon im letzten Herbst gehabt. Die Vorbesitzerin unseres Hauses hatte von ihrer Ambrosia-Plantage gesprochen. Als Allergikerin hatte ich gleich nach unserem Einzug darauf bestanden, dass wir die Dinger samt Wurzeln vernichteten.

Nun, im Kräuterbeet, verstellte mir eine hohe Pflanze den Blick auf die Kosmeen, und diese sah verdächtig nach dem bösen Allergiekraut aus. Die App sagte: Artemisia Vulgaris – Beifuß. Da erst begriff ich meinen Fauxpas und schämte mich mächtig: Wir hatten nicht Ambrosia, sondern einige Quadratmeter harmlosen Beifuß plattgemacht.

Die Kosmeen wiederum hatte eine Nachbarin aussortiert, wie auch Tagetes, die ich gut gebrauchen konnte, wegen der Nacktschnecken; und siehe da, seit ich die Tagetes im Beet verteilt habe, scheinen die kleinen Schleimer die Kapuzinerkresse zu verschonen.

Als gäbe es nicht schon genug Grünzeug, mit dem ich mich nicht auskenne, kaufte ich noch ein paar Kübelpflanzen und mehrere Kletterrosen. Und nahm drei kleine Hortensien aus dem Supermarkt mit. Auch als Motivation für die fünf nichtblühenden. Eine schnappte sich Otto direkt und zerpflückte sie gründlich.

Nun war es aber in den letzten Wochen nicht vorrangig Otto, der meine Pflanzbemühungen torpedierte. Und die von ihm so gepeinigten Bartnelken blühen inzwischen üppig. Wobei es sich um eine stressbedingte „Notblüte" handeln kann, wer weiß schon, was Pflanzen fühlen.

Jedenfalls war es Marc, der mit allerlei neuen Gerätschaften, sagen wir: nicht nur konstruktiv unterwegs war. Mit dem Rasenmäher rasierte er Agamemnon, eine nicht winterharte Pflanze mit langen, fleischigen Blättern, deren richtigen Namen ich immer noch nicht kenne.

Kurz darauf fragte Marc mich, wohin ich denn die Herbstastern, ein Geschenk von Anni, gepflanzt hätte. Leider erkundigte er sich erst, nachdem er mit dem Kantenschneider im Vorgarten zugange gewesen war. Die Astern wuchsen unerschrocken nach und ich überlege noch, ob ich das unscheinbare Grün des Herbstblühers zur Sicherheit mit rotweißem Flatterband umwickeln soll.

Der Liebstöckel hingegen hat nicht nur weder Marc noch Otto zu fürchten, er scheint auch keine natürlichen Feinde zu haben und hatte schon im Mai einen Umfang erreicht, dass wir an alle interessierten Nachbarn was abgaben, auch jedem Wochenendbesuch nötigten wir etwas auf.

„Liebstöckel, was ist das denn?", fragten die Besucher.

„Na, Maggikraut", entgegnete ich, ganz Gartenfuchs, dabei

hatte ich das wenige Wochen zuvor auch noch nicht gewusst. Ich hatte noch nicht mal geahnt, dass da überhaupt ein Strauch wächst, da sich der Liebstöckel im Winter komplett zurückzieht, bevor er sich auf wundersame Weise wieder erhebt.

Der Schnittlauch blüht schon seit Mai, er hört nicht auf, und mir gelingt schon eine passable Kräuterbutter aus seinen Blüten und denen vom Gänseblümchen. Etwas Franzosenkraut dazu, damit sich das auch mal nützlich macht.

Die drei Sorten Minze wuchern ebenso, der Salbeistrauch nicht minder. Ich begann, die Masse etwas auszulichten, hing Büschel zum Trocknen auf.

Lavendel, Oregano und Rosmarin gedeihen, Letzteren hatte ich fast vergessen, er tauchte im Dickicht wieder auf.

Und den Fenchel fand ich auch wieder; nicht, dass wir ihn gepflanzt hätten. Ich verwechselte ihn kurz wieder mit Dill, stets eine Enttäuschung. Dafür fand ich beim Jäten ein vergilbtes Pflanzschild mit der Aufschrift „Dill". An der Stelle wächst aber nur Gundermann. Es ist ein bisschen tröstlich, dass sich auch unsere Vorbesitzerin schon erfolglos am Dill versucht zu haben scheint.

Der Star unter all den Kräutern aber ist der Borretsch. Er begann im Mai zu blühen, blau bis violett, er nimmt viel Raum ein, darf er auch, er macht was her. Nicht, dass wir häufig Verwendung für ihn hätten. Der Borretsch wirkt robust, er vermehrt sich fleißig, zudem ist er ein richtiger Hummelmagnet.

Ich weiß nicht, ob es bei uns jemals selbstgemachte Grüne Soße geben wird, ist ja eher ein Ostergericht, die Aussaat ist aber erst im Sommer zu gebrauchen. Der Borretsch macht sich bei uns dekorativ in der Vase, die Pimpernelle trinke ich als Tee.

Marc ist im Garten eher für die größeren, kräftezehrenden Baustellen zuständig. Aber er wollte sich auch um die Tomaten kümmern. Von mir aus gern, ich bin kein großer Fan, außer zu Nudeln und als Ketchup. Meine Anzucht war misslungen, danach konnte die Tomate mich kreuzweise. Doch wir bekamen ein paar Pflänzchen geschenkt und Marc kaufte noch welche dazu. Planen schützen sie vor Regen, ich hatte in die Erde im Frühjahr abgestandenen Pferdemist eingegrubbert, Marc hatte sich ein Bewässerungssystem überlegt. Inzwischen haben die Tomatenpflanzen beängstigende Ausmaße angenommen, die ersten blühen schon. Wer soll das alles essen? Daneben gedeihen Paprika, Chili und Basilikum.

Marc fand auch Gefallen an Kohl und Salat. Den ersten Kopfsalat konnten wir schon essen, wir behaupten natürlich beide, dass der ganz anders und viel besser, frischer, gesünder schmeckt als der aus dem Supermarkt.

Neulich hatten wir beide einen kurzen Denkausfall, als wir uns ernsthaft fragten, ob der Weißkohlkopf ober- oder unterirdisch heranwächst.

Während der Weißkohl also offensichtlich noch schlummerte, zeigte sich im Gemüsebeet schon einiges.

Die Bohnen beranken den hässlichen Bauzaun, den wir wieder aufstellen mussten, um den Hund vom Gemüse fernzuhalten. Sie blühen sehr dekorativ in Rot und Weiß.

Die Erbsenernte beläuft sich bisher auf einhundertvier Gramm. Das wird bestimmt noch.

Möhren und Pastinaken entwickeln sich gut. Die Pastinaken sind nicht zu übersehen, während ich beim Unkrautjäten schon ein paar zarte Möhrengewächse schwungvoll mit ausgerissen habe.

Überhaupt gab und gibt es viel zu jäten auch in diesem Bereich. Eine Freundin brachte mich darauf, dass es sinnvoll sein könnte, nach dem „Aufräumen" Rasenschnitt zwischen den Nutzpflanzen zu verteilen, damit all das andere Kraut nicht gleich wieder losprießt. Wahrscheinlich wäre es am besten, den Rasenschnitt zunächst trocknen zu lassen, leider fiel mir das erst nach ein paar Wochen ein und auf. Mir scheint, da findet sich noch die eine oder andere Wurzel im Mulch, denn mittlerweile gibt es zwar weniger Unkraut, dafür aber deutlich mehr Gras. Hoffentlich merke ich mir das fürs nächste Jahr.

Beim Obst gab es ein paar Entdeckungen, dank kundiger Menschen. Zum Beispiel wies Christo mich darauf hin, dass bei uns einige Holunderbüsche am Zaun zum verwilderten Nachbargrundstück wachsen. Ich habe noch keine Ahnung, was ich mit den Beeren anfangen soll, es werden viele sein.

Den Wein beschnitt ich Mitte Juni, winzige Trauben ließen sich schon blicken. Die sollen ja vom Blätterdach geschützt bleiben, aber ansonsten viel Licht abbekommen und genug Platz haben. Besonders schöne, große Blätter fror ich ein, da könnte ich mich mal an gefüllten Weinblättern versuchen.

Massen von Erdbeeren gab es zu ernten, alle zwei Tage sammelte ich sie ein, um nicht zu viel dem Feuerwanzen-Nachwuchs und anderem Getier zu überlassen. Die Beeren landeten, ganz oder püriert, im Gefrierfach.

Die Johannisbeersträucher hingen voller Beeren, und Ende Juni bemerkte ich, dass schon viele reif waren, dicke, champagnerfarbene Kugeln.

Langsam wurde es eng in den Gefrierfächern. Ich verteilte einiges im Dorf und freute mich, auch endlich etwas abgeben zu können. Natürlich haben die meisten selbst Beeren, und häufig war mein Eimerchen auf dem Rückweg voller als zuvor.

Nur die Süßkirschen machten uns keine Freude – die allermeisten waren angeknabbert oder wurmstichig. Die Früchte am zweiten Kirschbaum wollten einfach nicht rot werden.

„Probier doch mal", meinte meine Schwiegermutter, die uns zum ersten Mal besuchte, sie grinste.

Ich zierte mich kurz, um dann festzustellen: Die hellen Kirschen waren richtig süß.

„Das sind Knupperkirschen", meinte sie, „weiße Kirschen, und die sind reif."

Wieder was gelernt. Und fast alle Früchte waren intakt – bevorzugen Vögel, Insekten, Würmer rote Kirschen? Und wenn ja: warum? Egal. Ich erntete fleißig.

Ich fing an, Marmelade einzukochen aus Erdbeeren, dem schon lange geernteten Rhabarber, aus den Knupperkirschen, Gelee von den Johannisbeeren. Sehr meditativ und befriedigend.

Nachdem ich am Zaun noch Sträucher mit schwarzen Johannisbeeren entdeckt hatte, setzte ich aus diesen Beeren, auch Premiere, einen Cassis-Likör an, in einer dickbauchigen Flasche, mit viel braunem Zucker und Apfel-Birne-Schnaps. Die Flasche muss ich nun laut Anleitung anfangs täglich schütteln, damit sich Zucker, Alkohol und Beerensaft gut vermischen, und insgesamt drei Monate stehen lassen. Ich finde, das wirkt ganz schön professionell – Ausgang ungewiss.

Dass wir bisher so eine gute Ernte hatten, dürfte vor allem dem Wetter zu verdanken sein – dem passenden Mix aus heißen und fast unsommerlich kühlen Tage, viel Sonne und genauso viel Regen. Im Dorf heißt es, dies sei bisher ein gutes Jahr für die Natur.

Was wird noch kommen? Weintrauben, Äpfel und Birnen, Holunderbeeren. Allerlei Kohl und Salat, Möhren, Pastinaken, Bohnen, weitere Erbsen und sehr viele Tomaten. Der Sommer ist noch lang, ich bin bereit.

*

Die Gartenplage

Eine Bekannte berichtete mir stolz von ihrer Bierfalle. Am nächsten Morgen hätten sich darin bestimmt hundert Nacktschnecken befunden. Gut, hundert Exemplare weniger. Aber damit lockt man doch bloß zusätzlich die Schleimer der ganzen Umgebung an. Wenn ich eine Bierfalle aufstellen würde, dann in Nachbars Garten.

Ich wollte es vermeiden, mich zu sehr mit den Plagegeistern auseinanderzusetzen. Sie sind nun mal da. Wenn sie mir begegnen, schaufle ich sie in den Eimer für die Hühner.

Bisher hatte mir jeder versichert: „Du brauchst Laufenten."

Nicht neu. Otto würde sich freuen, die Enten hingegen würden sehr viel und schnell laufen müssen, um nicht in seine Fänge zu geraten.

Testweise warf ich einmal ein paar Schnecken über den Zaun des Hühnerauslaufs. Siehe da: Die Hennen sprinteten alle los und balgten sich um die Delikatess-Häppchen. Vielleicht sind da Laufenten-Gene im Spiel.

Abgesehen vom Verfüttern, habe ich bisher noch keine Maßnahmen gegen die Glibscher ergriffen. Ich kann ja auch nicht überall Tagetes pflanzen.

Ich weiß, man müsste frühzeitig die Eier vernichten, ist aber nicht passiert. Ich möchte mir gar nicht vorstellen, mich mit Nacktschneckeneiern zu beschäftigen.

Man kommt aber um das leidige Thema als Hobbygärtner saisonal nicht herum, ich sehe es ein, also höre ich mir an, was andere Gartenbesitzer so alles versuchen.

Neulich erzählte mir ein Bekannter ganz überzeugt von seiner neuen Methode: Er habe fast fünfzig Exemplare in einem Eimer gesammelt und dann zu einem Tümpel gebracht. Vor dem Aussetzen habe er extra vorsichtig etwas Wasser in den Eimer gefüllt, damit sich die Schnecken voneinander lösen könnten und nicht als ein klebriger Ball aus dem Eimer plumpsten. Und dann ab in den Teich. Ich merkte an, dass er die Tiere auch gleich im Eimer hätte ertränken können.

„Nein, wieso ertränken? Die mögen doch Wasser!", entgegnete er, wirkte aber leicht verunsichert.

„Ja klar, deshalb stellen die Leute Bierfallen auf. Da ertrinken die Biester also nicht, sondern sterben an Alkoholvergiftung?"

Der Bekannte hatte nun ein schlechtes Gewissen. Obwohl er die Dinger doch sowieso loswerden wollte.

In Internetforen wird die Meinung vertreten, dass Nacktschnecken sich in Gewässern wohlfühlen. Kommt vielleicht auf die Art an, nun bin wiederum ich verunsichert.

Das Rätsel kann ich immer noch lösen. Gerade male ich mir böse aus, wie fünfzig Schnecken in den Teich plumpsen und sich noch zurufen: *Kannst du schwimmen? – Hab ich Gliedmaßen? Bin ich 'ne Wasserschlange?? – War schön mit euch, adieu! Gluck, gluck.*

*

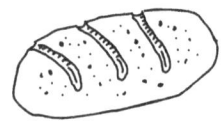

Ein Fest

Beim Dorfsommerfest gab es „JACOBS Meisterröstung". Bestimmt liegt es daran, dass mir so schlecht ist.

Marc und ich fieberten dem Event vielleicht etwas mehr entgegen als andere – war es doch unser erstes Sommerfest hier und auch ein bisschen ein Einstand. Christo meinte, zu den Festen kämen selbst die Nachbarn, die man sonst nie zu Gesicht bekommt. „Gibt ja was zu essen und Bier."

Also alle mal kennenlernen, sich beschnuppern, Dorfdynamik erleben.

Wir hatten uns einteilen lassen, die Einladungszettel in die Briefkästen zu werfen. Dabei trafen wir Nachbar Piet am anderen Ende des Dorfes, dem Marc den Zettel gleich in die Hand drückte.

„Ist 'ne Einladung fürs Fest übernächste Woche!", rief Marc freudig.

„Jo, mal sehn, was kommt", sagte Piet und schlurfte von dannen.

Was sollte ich bloß anziehen? Nicht die üblichen Gummistiefel in Jogging- oder Arbeitshose. Aber auch nichts zu Schickes. Ein Sommerkleid. Noch war es heiß, fast dreißig Grad.

Am Festsamstag hatte es sich abgekühlt, war aber trocken. Für den Nachmittag war Regen gemeldet, viel Regen. Leggins unters Kleid, auch fein.

Ich stand vormittags mit Anni hinterm Schloss auf der Festwiese, an den Biertischen, wir waren für die Dekoration zuständig. Die „Tischläufer", die ich bei Rossmann besorgt hatte, sahen aus wie angegilbte Küchenrolle. Dafür hatten wir hübsche Blumensträuße aus Wiesenblumen zusammengestellt. Ich holte unsere alten Vorhänge, die gaben passable Tischdecken ab. Die große Ikea-Salatschüssel brachte ich gleich mit als Sektkühler.

Prima, der Mückenstich auf meiner Wange sah nicht mehr ganz so entzündet aus. Wenigstens konnte ich die zwei Pflaster abnehmen, um keinen ganz so schlimmen Eindruck zu machen. Leider hatten die Pflaster auf der Haut ein rotes Kreuz hinterlassen.

Marc wollte nicht als Erster da sein. Ich schon, ich gehöre bei Festen immer zu den Ersten. Da ist es noch übersichtlich. Wenn ich irgendwohin komme, und da wimmelt es schon von Menschen, fühle ich mich gleich überfordert.

„Hier leben nur vierzig Menschen, das wirst du schon schaffen", meinte Marc.

Wo er recht hatte. Ich checkte weiter den Regenradar, noch hielt sich das Wetter. Ich bürstete mir die Haare ein drittes Mal. Packte einen Schirm ein.

„Wirst du noch mal fertig? Wir gehen bloß zu 'nem Dorffest."

Es konnte losgehen. Ich ermahnte mich kurz selbst: nicht zu viel trinken, zwischendurch immer mal Wasser!

Als wir gegen halb vier auf der Wiese ankamen, gehörten wir fast zu den Letzten, da tummelten sich etwa fünfundzwanzig Leute, die alle schon Kaffee und Kuchen vor sich stehen hatten.

„Wenn's was gibt, sind die Leute pünktlich", so Christo.

Wir grüßten in die Runde und suchten uns Plätze. Schlossherr Arthur ging mit einer Sektflasche von Tisch zu Tisch – nein, bitte noch nicht. Wasser gab es nicht.

Eine Nachbarin, die ich bisher nicht kannte, saß neben mir, mittelalt, sie guckte streng über den Rand ihrer Brille.

Was wir so gemacht hätten und machten, wollte sie wissen, und ich erzählte etwas.

„Du hast studiert?", fragte sie und schien etwas abzurücken.

„Na und?", sagte ich, „ich kann halt nur was mit Sprache und Sprachen, dafür kann ich ganz viel anderes nicht."

Sie sprach von Kindern, Ausbildung und Arbeit, dem Feld, den Tieren, und ich konnte nur sagen, dass ich von all dem gar keine Ahnung habe.

„Du scheinst ja doch ganz in Ordnung zu sein", meinte sie später.

Auf einmal waren drei Stunden vergangen, fast jeder sprach mal mit fast jedem, ich hatte dann doch ein Glas Sekt getrunken und plauderte munter.

Es gab Salate, Bratwurst und Brötchen, der Ortsvorsteher stand am Grill. Irgendwer hatte Eierlikör mitgebracht, na gut, mal probieren, war lange her. Der erinnert mich an meine Kindheit und Jugend, als meine Oma und Tante aus Sachsen bei ihren

Jahresbesuchen Eierlikör und Wodka mitbrachten, für mich als Kind leider bloß Stofftaschentücher und Bücher aus grobporigem Papier. Faszinierend, wie etwas gleichzeitig eklig und lecker sein kann.

Die alte Frau Fischer war schon lange eingenickt am Tisch. Christo schleppte noch einen Kasten Bier an. Alle guckten immer mal wieder bange zum Himmel, es wurde stetig dunkler.

Und dann kam der Wolkenbruch. Wir huschten unters Zeltdach. Ich stellte ein Glas in den Regen, auf dass es sich füllte, etwas Wasser zwischen den Bieren würde jetzt wirklich nicht schaden. Ein nahes Donnergrollen, Blitze. Kurz waren alle still und guckten einfach. Und so schnell, wie es losging, hörte das Gewitter auch schon wieder auf und hinterließ ein Licht, als wäre alles abgewaschen, Himmel, Gras, Bäume, ganz klar und strahlend. Wir staunten, fotografierten, drehten uns wieder um. Ich vergaß mein Wasser.

Marc holte Otto, wir wollten ihn nicht so lange allein zu Hause lassen. Da ja nicht alle so hundebegeistert sind, baute Marc mit Christo einen flexiblen Zaun auf, so konnte Otto dabei sein, ohne jemanden umzuschmeißen.

Die ersten Nachbarn verabschiedeten sich, es dämmerte. Als ich von der Toilette zurückkam, wurde an unserem Tisch Scharade gespielt, jeder sollte etwas oder jemanden nachmachen, die anderen mussten raten. Spielen?, och nö, dachte ich.

„Herr Schulz hat gerade ein Brot nachgemacht", meinte Anni.

Ein Brot. Das hätte ich nun doch gern gesehen.

„Und jetzt bist du dran!", rief sie.

Hilfe. Ich richtete mich auf, Rücken gerade, und guckte recht streng und aufmerksam in alle Richtungen.

„Wer oder was bin ich?"

„Herr Schulz!", riefen alle.

Richtig. Frau Schulz kicherte.

„So gucke ich doch gar nicht!", beschwerte sich Herr Schulz mäßig empört und hatte keine Lust mehr auf Scharade.

Fred setzte sich zu uns und erzählte ein paar Anekdoten, dann musste er ins Gebüsch, es war inzwischen dunkel.

Als er wiederkam, trabte Otto hinter ihm her und freute sich sehr, nun endlich mittendrin zu sein.

Christo schaute Otto an und meinte belustigt: „Bist du über den Zaun gesprungen?"

„Ach", fiel Fred ein, „siehste, ich wollte pinkeln, und da war auf einmal 'nen Zaun, habe ich nicht gesehen, hab ich mich drin verfangen."

Schulzens wollten Frau Fischer nach Hause bringen.

„Ich bin doch mit dem Auto da!", sagte sie empört und suchte etwas in ihren Westentaschen, womöglich die Autoschlüssel.

„Ne, bist du nicht", entgegnete Frau Schulz sanft.

„Ich komm gleich wieder", rief Herr Schulz, kehrte aber nicht zurück.

Christo spielte mit Otto und hatte den Hund wie ein Pony zwischen den Beinen, doch das „Pony" machte einen Freudensprung und Christo landete im Gras. Wir versuchten uns in Mitgefühl und griffen zur Bierflasche, um nicht zu sehr zu lachen. Dabei kippte Fred mitsamt der Bank, auf der er gerade allein saß, nach hinten, konnte aber im sehr langsamen Fallen noch erstaunt gucken und seine Flasche abstellen. Nun mussten wir doch lachen, und wie.

„Wie komm ich denn jetzt nach Hause?", fragte Fred kurz darauf, anscheinend wirklich ratlos.

„Echt jetzt?" Marc und ich, einstimmig.

Christo bot an, ihn zu begleiten, er wollte auch gehen, da ihm nach dem Stunt mit Otto der Rücken wehtat, sagte er.

Arthur verabschiedete sich mit einer angedeuteten Verbeugung und fragte, ob er die nächsten Tage unseren stilvollen Champagnerkühler leihen könnte.

Ich schlug vor, noch eine Zigarette zusammen zu rauchen, merkte aber, dass ich mir schon eine angesteckt hatte. Zeit zu gehen.

Marc und ich hakten Anni unter, die sich unterwegs beschwerte, der Weg wäre doch sehr weit.

„Das liegt daran, dass wir nicht geradeaus gehen", erklärte Marc.

Und irgendwie muss ich es ins Bett geschafft haben.

Mir geht es wirklich nicht gut. Es ist auch viel zu früh. Aber Anni behauptet immer, frische Luft mache alles besser. Also Gassi. Christo humpelt ein wenig, leicht theatralisch.

„Hab ich mit Fred noch Armdrücken gemacht?", will ich wissen.

„Hast du?", fragt Anni überflüssigerweise zurück.

„Ich weiß von nichts", sagt Christo.

Ich will mich schon entspannen, da meldet sich Marc zu Wort: „Ja, hast du."

„Hab ich wenigstens gewonnen?"

„Ne."

Prima. Atmen. Frische Luft. Es stimmt schon, es tut gut, sich draußen zu bewegen. Und auf der Straße finden wir noch allerlei, das die Nachbarn vermutlich gestern auf dem Nachhauseweg verloren haben – eine Packung Taschentücher, einen Schirm, einen Schlüsselbund.

„Wer verliert denn seine Schlüssel?", spotten wir. Hat da jemand im Hühnerstall schlafen müssen oder auf der Terrasse?

Wir kommen wieder an unserem Gartenzaun an. Ich kontrolliere unauffällig meine Jackentasche. Es ist mein Schlüsselbund. Ich leg mich dann mal wieder hin.

„Bis später", ruft Anni, „Aufräumen ist um drei!"

*

Von Spatzen und Kolibris

Eine Freundin besucht uns zum ersten Mal und bemerkt belustigt, wir seien anscheinend große Fans des Kolibris. Sie steht im Wintergarten, wo die drei verglasten Seiten über und über mit Vogelaufklebern in allen Farben bedeckt sind.

Das kam so: Lange hielt ich uns für Vogelfreunde. Ich schütte den Tieren zum Beispiel Futter in einen Blumentopf, der an der Terrassenecke am Ast einer Weinrebe hängt, nicht nur im Winter. Zusätzlich gibt es alle paar Tage einen Meisenknödel, selbstverständlich ohne Netz, in dem sie sich verfangen könnten, stattdessen in einer Metallhalterung im Geäst des Zierahorns. Auf dem Terrassenmäuerchen steht eine große Schale, gut anfliegbar, offen, um alles im Blick zu haben, und einen Meter weiter steht der Ahornbaum als Fluchtpunkt. Die Schale ist flach, sodass kein Vogel ertrinkt, und ich legte einen Stein hinein, damit auch Insekten gefahrlos Wasser aufnehmen können. Leider steht das Wasser auf Ottos Augenhöhe, der es den Vögeln regelmäßig wegschlabbert, also fülle ich es täglich auf.

Christo frohlockt, dass das bei uns gut versorgte Getier nun nicht mehr in so großer Zahl seinen Garten und seine Scheune heimsucht. Ja, sie nisten hier fleißig, besonders die Spatzen, und machen viel Dreck. Währenddessen säht sich das Vogelfutter im Garten aus, was ich versuche, einzudämmen, Stichwort: invasive Pflanzen.

Das Kümmern macht wenig Arbeit, und ich freue mich, auch mal Meise, Rotkehlchen, Fink oder Grünspecht zu beobachten.

Ja, wir sind ganz tolle Vogelkümmerer. Wäre da nicht unser Wintergarten. Da knallte es schon mal, und dann lag ein Spatz im Gras, benommen oder gleich mit Genickbruch.

Also bestellte ich Fensteraufkleber. Ich kannte bisher nur die schwarzen, entdeckte aber stattdessen bunte Kolibris, natürlich nicht so winzig klein, sondern so groß wie die herkömmlichen Aufkleber. Ich klebte auf jede Scheibe drei davon, gut verteilt.

Allerdings zeigten die exotischen Vögelchen keine große Wirkung. Ich fragte mich, ob es vielleicht doch Schwarz sein müsste. Ich kannte mich nicht aus mit dem Farbsehen der Vögel. Nein, las ich, sie können sogar besser sehen als wir Menschen, ein breiteres Farbspektrum wahrnehmen. Besonders zu Orange wird geraten. Und außerdem solle man die Aufkleber möglichst flächendeckend anbringen, höchstens eine Handbreit voneinander entfernt, damit die Vögel die Zwischenräume nicht als Durchfluglücke interpretieren. Upps. Da musste ich unbedingt nachrüsten.

Hinzu kam das Problem, dass die Tür vom Wintergarten zur Terrasse meistens offensteht, um Otto nicht auszuschließen. Und die Vögel, vor allem Jungspatzen, verirrten sich leider gern nach drinnen und hielten auch dort die Fensterscheiben für Fluchtmöglichkeiten. Otto machte mich zuverlässig auf die Besucher aufmerksam, oder ich hörte das Knallen selbst. Die Spatzen ließen sich meistens gut rausscheuchen. Oder ich warf eine Decke über sie und setzte sie vorsichtig auf einem Zweig ab.

Das war natürlich auf Dauer keine Lösung. Ich hatte schon im Frühling einen Kordelvorhang für die Tür bestellt, allerdings war dieser laut Hersteller dann doch nicht mehr vorrätig, und ich vergaß das Thema wieder.

Es war also bis auf Weiteres davon auszugehen, dass es in unserem Garten außergewöhnlich viele Spatzen mit Hirnschaden gab.

Da mussten wir was fürs Karma tun, unter anderem. Wir hatten Anfang des Jahres mit Anni und Christo dem im Beet notgelandeten Schwan wieder zu Freiheit verholfen, und Marc hatte das aus dem Baum gefallene Ringeltaubenküken zurück ins Nest gesetzt. Zweimal brachte Marc verletzte Vögel mit, die er am Wegesrand gefunden hatte, beide, ein Kernbeißer und eine Meise, waren allerdings unterhalb des Kopfes gelähmt, also wohl auch irgendwo mit Fensterglas kollidiert, sodass Marc nur noch das Beil schwingen konnte.

Neulich wässerte ich das Gemüsebeet und bemerkte eine Bewegung, gleich am Zaun. Da saß ein recht großer, graubrauner Vogel und hüpfte bloß etwas zur Seite, schaute mich an. Vielleicht eine Drosselart? Was tun? Marc war in einer Telefonkonferenz. Der Vogel war offenbar flugunfähig. Die Sonne knallte, und ich hob ihn hoch und setzte ihn am Beetrand zur Hecke ab, wo er im Schatten saß. Ich stellte ihm eine kleine Schale mit Wasser hin, und der Vogel nippte einmal.

Später führte ich Marc zu der Stelle. Die Schale stand noch dort, aber links von ihr war vom Vogel nichts mehr zu sehen. Marc schaute mich an, als wäre *ich* vor eine Glasscheibe gelaufen.

Dabei zeigte er auf die Seite rechts von der Schale. Dort lag ein mittelgroßer graubrauner Vogel, sehr tot.

Mir reichte ein kurzer Blick – dem Vogel fehlte der Kopf, und allerlei Insekten und Gewürm trieben sich dort herum. Marc sah mich fragend an.

„Nein, *den* meinte ich nicht", sagte ich genervt, ich konnte mich fraglos noch erinnern, dass ich einen lebendigen Vogel *mit* Kopf durchs Beet getragen hatte. Der war nun verschwunden, vielleicht hatte er ja bloß einen kurzzeitigen Flugausfall gehabt.

Ich fühlte mich aber einigermaßen schlecht, da hatte ich den Verletzten wenige Zentimeter entfernt von einem verwesenden Artgenossen abgesetzt, nach dem Motto: „Guck mal, der ist schon tot. Da geht's hin, wenn du dich nicht ganz schnell berappelst."

Ich raffte mich also auf, um wenigstens die durch unsere Nachlässigkeit verursachten Schäden und Todesfälle zu minimieren. Für die Spatzen und fürs Karma. Ich maß die Wintergartenscheiben aus und berechnete, wie viele Kolibris ich dazubestellen müsste, damit wirklich niemand mehr auf die Idee käme, das wäre durchfliegbarer Luftraum.

Zugegebenermaßen wirkt der Wintergarten jetzt, mit etwa fünfundzwanzig bunten Vögeln auf jeder Scheibe – auch orangen – und dem Kordelvorhang in der Tür eher wie der Eingang zu einer Kita. Wenn's hilft.

Ich frage mich, ob wir bei uns besonders dumme Vögel haben, schließlich sind anderswo die Fenster nicht dicht an dicht zugeklebt. Aber wahrscheinlich hat Christo recht: Es sind hier einfach besonders viele.

„Warum habt ihr nicht einfach Vorhänge angebracht?", will die Freundin wissen.

Das war mir nicht eingefallen. Aber „einfach" kann ja jeder.

*

Otto am Meer

Otto liegt im Flur, fast quer. Für rechtwinklig quer ist der Hund zu lang. Er könnte irgendwo liegen, wo mehr Platz ist oder sogar auf seiner großen, flauschigen Decke statt auf den blanken Fliesen. Aber er ist Otto.

Er liegt auf der Seite, alle vier Beine lang ausgestreckt. Man könnte ihn für tot halten, würde er nicht leise schmatzen.

Ich steige, meinen vollen Kaffeebecher balancierend, über ihn hinweg. Und erinnere mich an unseren ersten Sommerurlaub mit Otto und das Missverhältnis von kleiner Ferienwohnung und großem Hund.

Unser erster Urlaub mit Hund! Wir freuten uns auf eine Auszeit, und Otto sollte das Meer sehen. Er badete fast täglich im Dorfbach, und auch das erste gemeinsame Schwimmen in einem kleinen See schien ihm gut gefallen zu haben. Als Leonberger ist er mit Schwimmhäuten ausgestattet, Wasser ist sein Element. Er hat inzwischen sein eigenes Planschbecken im Garten.

Vor ein paar Wochen, Ende August ging es an die Ostsee, etwa zwei Stunden Autofahrt entfernt. Der Kleine fährt gern Auto, da machten wir uns keine Sorgen, ihn hätten wahrscheinlich auch zehn Stunden mit Pausen nicht gestört, Hauptsache, sein Rudel ist komplett.

Wir hatten eine kleine Ferienwohnung gebucht in einem „hundefreundlichen" Haus, Erdgeschoss, Garten vorhanden. Zwanzig Minuten Fußweg zum Hundestrand. Wir freuten uns auf eine Woche Erholung.

Die Wohnung war gemütlich, viel Holz, funktional und geschmackvoll eingerichtet. Großer Wohn-Ess-Kochbereich, kleiner Flur, Schlafzimmer, Bad. Ich nahm zunächst ein paar Stehrümchen von Fensterbänken und Ablagen, die sonst Gefahr gelaufen wären, von Ottos Schwanz abgeräumt zu werden. Ich legte die große Hundedecke vor dem Fernseher aus. Marc stellte Wasser- und Fressnapf im Flur auf ein Handtuch. Otto erkundete schnüffelnd sein neues Territorium.

Der Garten war zum Parkplatz und zur Straße hin offen, also konnten wir ihn nicht allein rauslassen. Das wäre aber ohnehin schwierig gewesen, da es ein Gemeinschaftsgarten für alle Ferienwohnungsgäste war. Merke: Beim nächsten Mal sollte ich nicht nach „hundefreundlich" suchen, sondern direkt nach „Hundehotel". Anfängerfehler.

Wir machten uns gleich auf den Weg zum Strand, bepackt mit Handtüchern, Strandmuschel, Getränken und für Otto Wasser, Napf und Spielzeug. Für das Ende der Sommerferien war noch erstaunlich viel los. Aus zwanzig Minuten Fußweg wurden mit aufgeregtem und neugierigem Vierbeiner an der Leine fast vierzig. Während wir bei uns im Dorf bei einer Gassirunde manchmal weder Mensch noch Tier begegnen, glich das im Kurbad einem Slalomparcours. So viel Neues, Zweibeiner, Fahrzeuge und vor allem: so viele andere Hunde, die man ja begrüßen und kennenlernen könnte.

Am Strand angekommen, merkten wir schnell, dass eine Strandmuschel nur bedingt geeignet ist, um einen großen, impulsiven Hund festzumachen. Es war nicht besonders voll, aber alle Strandkörbe waren belegt, zumindest waren an allen Hundeleinen festgebunden.

Otto zerrte Marc zum Wasser, ich war schon drin. Es war sehr kalt. Otto schnüffelte an der Wasserlinie entlang, die heranbrausenden Wellen, wenn auch bloß Ostseewellen, waren ihm nicht geheuer. Er guckte zu mir und traute sich, einen Schritt in meine Richtung zu machen. Und wieder einen halben zurück. Erste Schwimmbewegungen. Marc klinkte ihn aus der Leine und warf einen großen Gummiring in meine Richtung. Otto schwamm zu mir, der Ring interessierte ihn nicht besonders. Wir paddelten gemeinsam. Eine neue Erfahrung für mich war, vom Hund unter Wasser getreten zu werden. Mit Krallen durchaus schmerzhaft.

Otto wollte gar nicht mehr raus, trottete dann aber doch mit zurück zu unseren Decken. Gleich neben mir schüttelte er sehr viel Wasser aus seinem Pelz, danke Otto. Er durfte dann mit in die Strandmuschel, so sollte er etwas entspannen, da er wenigstens nicht sämtliche anderen Hunde sehen konnte. Die Idee war nicht durchdacht. Die Sonne beschien unsere Dachplane. Schnell wurde es sehr warm, und Ottos Eigengeruch, gemischt mit der Note „feuchter Hund" sowie einem Schuss Pubertätsmief, breitete sich geradezu betäubend aus. Wir brachen bald auf.

In der Wohnung bemerkten wir schnell einen weiteren Planungsfehler: Lag das Tier im Flur, und dort lag es meistens, hielten wir uns am besten ausschließlich im Wohn-Ess-Koch-

Bereich auf. Denn die Türen zum Schlafzimmer, zum Bad und nach draußen ließen sich nicht öffnen, ohne das Fellmonster beiseitezuschieben.

Hatte ich mich durch den Türspalt ins Bad gezwängt, rief Marc drei Minuten später: „Vorsicht, jetzt liegt er wieder direkt an der Tür. Moment, ich zieh ihn weg."

Von den kleinen Pannen abgesehen, fühlten wir uns recht wohl. Gut, es war ungewohnt, auf einmal wieder Nachbarn im selben Haus zu haben und zu hören. Im Garten und aus dem Fenster auf andere Häuser zu schauen, die nicht mindestens hundert Meter entfernt stehen. Viele Häuser, dicht an dicht. Viele Menschen.

Otto erlebte jeden Tag neue Abenteuer, lernte neue Hunde kennen. Eine flotte Boxerhündin, mit der er in den Wellen tobte. Schwamm sie dem Ring hinterher, war der auch für ihn auf einmal sehr interessant. Einen jungen Labrador, der wohl bis nach Dänemark paddeln wollte, Otto hielt mit.

Wir merkten auch, dass er mittlerweile ein richtiger Halbstarker war. Besonders am Strand schien er oft alle bekannten Kommandos vergessen zu haben. Das freche Biest entwischte uns sogar zweimal. Durch den Sand war die Leine nicht richtig am Halsband eingerastet – leichtes Spiel für Otto, der sich befreite und zu den anderen Hunden stürmte, die schließlich auch frei herumliefen. Er hörte nicht, wir rannten ihm hinterher, riefen in Richtung erschrockener Hundebesitzer und verstörter Spaziergänger „Pubertät!" und schämten uns ein bisschen.

Schon am zweiten Abend meinte Marc, er bräuchte eine Pause vom Strand und vom Weg zum Strand, sein Arm würde bald abfallen, so sehr zerrte Otto in alle Richtungen, selten in die von uns bevorzugte.

Einmal trafen wir einen Mann mit einem Hund, der noch größer war als unserer, ein schneeweißer, ausgewachsener Pyrenäenberghund. Die beiden beschnupperten sich wohlwollend. Sein Herrchen musste nicht nachfragen, zu welcher Rasse Otto gehört. Was wir gefühlt hundert Mal pro Tag gefragt wurden, von Fünfjährigen genauso wie von Rentnern. Der freundliche Riese fällt immer auf. Wir nahmen uns vor: Dem Nächsten, der fragen würde, würden wir erzählen: „Das ist ein norwegischer Fischmops. Lebt ursprünglich wild in den norwegischen Wäldern. Der ist so groß, weil es keine Qualzucht ist, da wurde nichts auf niedlich geschrumpft. Außerdem muss er sich ja gegen andere Tiere wie Bären und Elche verteidigen können. Hat viel Fell, weil es da ja so kalt wird. Jagt im Wasser und braucht etwa zwei Kilo fangfrischen Fisch pro Tag."

Das taten wir dann doch nicht – wie könnte man, wenn einen ein kleines Mädchen mit leuchtenden Augen ansieht und ruft: „Der ist ja soooo süß, ist das ein Bernhardiner?"

Zum Abschluss unserer Urlaubswoche gönnten wir uns einen Restaurantbesuch. Natürlich hatten wir vorher geschaut, ob die Terrasse so geräumig war, dass auch Otto Platz finden würde.

Leider konnte man nicht reservieren. Als wir ankamen, waren alle Tische belegt, schließlich bekamen wir den Tisch genau in der Mitte zugewiesen. Und es waren zwei weitere Hunde auf der Terrasse. Die Blicke der anderen Gäste waren auf uns gerichtet beziehungsweise auf den Fellberg, der sich interessiert umschaute. Marc wickelte die Leine um sein Stuhlbein, Otto legte sich auf die kleine mitgebrachte Decke und widmete sich seinen Leckerlis. Bis zu den Getränken ging das gut, doch dann kam ein

Paar mit einem Pomeranian auf die Terrasse. Und Otto sprang los – wollte er jedenfalls, aber da die Leine ja festgemacht war, führte sein Reißen dazu, dass er Marc auf seinem Stuhl einen Meter über die Terrasse zog. Wundersamerweise ging nichts zu Bruch. Wieder galt uns die Aufmerksamkeit aller anderen Gäste, Blicke von mitfühlend über amüsiert bis genervt.

Eine Dame kam zu uns, lächelte und bot an: „Lassen Sie uns doch die Tische tauschen, ich kenne das, hatte selbst einen großen Hund. Da können Sie Ihren Leo am Geländer anleinen."

So konnten wir doch noch in Ruhe essen, und Otto lag entspannt in der Ecke, fernab vom Trubel.

Fazit: Schön war die Woche, aber nicht unbedingt erholsam.

Ende November wollen wir wieder los, für ein verlängertes Wochenende, und diesmal habe ich „Hundehotels" recherchiert. Bei uns in der Region gibt es wenig Auswahl, aber dann entdeckte ich ein sogenanntes Hunderesort, na bitte. Unsere Ferienwohnung dort ist ebenerdig, mit eigenem, eingezäunten Terrassenbereich. Es gibt einen großen Auslauf, einen Hundestrand am See, einen Parcours für Hunde mit Slalom und Balanceübungen, auf den ich schon besonders gespannt bin.

Ich habe bloß vergessen, nach den Maßen des Flurs zu fragen und ob die Türen sich zu den abgehenden Räumen öffnen. Na, Hauptsache, Otto wird es gefallen.

*

Schraubenzieher und andere Baustellen

Ich hab's versucht: Möbel zusammenzubauen. Genauer gesagt die zwei Module der „Relax"-Eckbank für die Terrasse. Die wurden heute geliefert. Ist zwar schon September, also voraussichtlich nicht mehr so lange Relax-auf-der-Terrasse-Wetter, aber bei so einem Schnäppchen musste ich zuschlagen. Es gefiel sogar Marc auf der Herstellerwebsite.

Noch bin ich Strohwitwe, mit Hund, Marc kommt später von fünf Tagen Dienstreise zurück. Ich vermisse ihn. Ein bis zwei Tage allein, wunderbar, aber dann … Da ist diese Lücke. Otto würde mir zustimmen: Die Familie ist unvollständig.

Ich wollte Marc überraschen, er ist sonst derjenige, der alles zusammenbaut. Ich las mir die Anleitung etwa zehn Mal durch und beschloss: Das krieg ich hin. Ich brauchte nur einen Schraubenzieher.

Als ich noch allein lebte, hatte jedes Werkzeug seinen Platz, alles befand sich in der Kammer, soweit möglich im selben Karton. Zu zweit haben wir erstens exponentiell mehr Werkzeug, zweitens hat Marc dafür einen anderen Ordnungssinn als ich. Ein Schraubenzieher kann sich im Hauswirtschaftsraum verbergen, in einer von zahlreichen Kisten, einem Karton, einer

Schublade. Oder im Wintergarten im Regal oder in einer von zahlreichen … Genau. Natürlich auch in Marcs sehr großem Arbeitszimmer, wo es tausenderlei Möglichkeiten für ein Versteck gibt, wo ich aber nicht suchen wollte, bloß einmal über die Tische schaute, es gibt ja Privatsphäre. Erratische Ablagen in einem Schuppen oder im Wagen sind natürlich auch möglich, da, wo Marc gerade zugange war. Oder in einer Jacken- oder Hosentasche.

Nach einer halben Stunde Suche förderte ich einen Kreuzschlitzschraubenzieher zu Tage, den ich gar nicht brauchen konnte, sowie ein völlig stumpfes, rostiges Modell. Warum sollte man sowas wegwerfen?, dachte sich Marc womöglich. Wer weiß, was man damit noch macgyvern könnte.

Ich beschloss, dass Marc die Bank aufbauen müsste, selbst schuld. Stattdessen trat ich beherzt den Möbelkarton zusammen. Und entschied mich, erst mal einen Kaffee zu trinken und eine Zigarette zu rauchen, um mich zu beruhigen.

Jetzt sitze ich hier und ärgere mich nur noch ein bisschen. Soll ich wegen eines Schraubenziehers einen Streit provozieren? Wir streiten doch schon genug. Wenn nicht über Grundlegendes, dann über genau so etwas wie unterschiedliche Konzepte von Ordnung.

Wenn ich die Küche putze zum Beispiel und zunächst, bevor ich eine Oberfläche abwische, diverse Schrauben, Unterlegscheiben und ein paar Muffen zur Seite räumen muss, bekomme ich schlechte Laune. Sieht auch nicht schön aus, kommt noch hinzu. Lasse ich die Kleinteile unauffällig in der Schublade verschwinden, regt Marc sich auf, denn das habe ja alles System.

Gern diskutieren wir auch über unsere Ausgaben, denn Marc findet, dass ich nicht aufs Geld achte. Leider hat er damit oft recht, ich bin eine Art Schnäppchenjäger. Wenn etwas wie das „Relax"-Sofa von vierhundert auf zweihundertzwanzig Euro heruntergesetzt ist, sehe ich nicht die zweihundertzwanzig, sondern die hundertachtzig gesparten.

Und beim Lebensmitteleinkaufen gäbe ich auch zu viel Geld aus, vor allem für Schokolade. Ich gestehe, ich bin süchtig. Ich glaube nicht, dass Marc es erleben möchte, wenn ich einen Tag ohne Schokolade auskommen müsste.

Zum Thema Einkaufen kontere ich gern böse, dass ich immerhin alles mitbringe, was auf dem Einkaufszettel steht. Ich schreibe mir den Zettel – logisch – je nach Supermarkt, notiere alles nach der Regalfolge, damit ich nicht kreuz und quer gehen muss, und überhaupt mag ich Supermärkte nicht und bin froh, je schneller ich wieder draußen bin. Marc hingegen guckt auf unsere Tafel, auf die wir alles schreiben, was gekauft werden muss, und merkt sich das. Meint er. Die Hälfte bis zwei Drittel bringt er mit, da könnte ich durchdrehen. Und natürlich fehlt garantiert was aus dem Bereich Schokolade.

Und dann sind da noch die grundsätzlichen Themen, die Eigenschaften, die einen am anderen bestenfalls ein bisschen nerven. Die immer wieder zur Debatte führen, oft ausgelöst durch Nichtiges. Die mir zur Last gelegte Trägheit, Egoismus etcetera. Marcs von mir wahrgenommener Hang zum Besserwisser, seine Bockigkeit …

Akzeptieren ist natürlich eine Möglichkeit, mit den Macken des anderen umzugehen. Kurz aufregen, drüber lachen. Vor allem über mich selbst lachen, weil ich wieder mal in die Falle getappt bin, in Rage geraten bin über etwas, das ich sowieso nicht ändern kann.

Wenn das nicht geht: Ansprechen oder Verdrängen. Ich neige zu Letzterem. In der Regel versuche ich, Auseinandersetzungen zu vermeiden, ach, die schöne Harmonie. Als ob dadurch etwas besser würde.

Marc steht auf dem Standpunkt: „Wir müssen reden!" Und ich weiß, dass das stimmt, ein Thema geht nicht weg, nur weil ich versuche, es zu meiden. Das platzt nicht wie ein kleiner Luftballon, im Gegenteil, das wird größer und größer, bis es uns um die Ohren fliegt.

So gibt es hier im Haus öfter den kleinen Knall, um den großen abzuwenden. Hauptsache, die Luft ist vor dem Schlafengehen gereinigt. Nie im Streit in die Nacht. Kriegen wir hin.

Anfangs verwirrte mich das: Nun waren wir hier auf dem Land angekommen, mehr Ruhe, mehr Freiraum – warum waren wir hier gereizter als zuvor in der Stadt?

Ich schätze, unter anderem, weil wir hier mehr Aufgaben haben, von denen wir uns stressen lassen, vor allem weil alles neu ist, es noch keine Routinen gibt. Das wird sich ja wohl ändern, da bin ich optimistisch.

Unsere Macken kennen wir nun schon seit einigen Jahren, aber unter Anspannung sinkt die Toleranzschwelle.

Hinzu kommt, dass wir uns wenig Zeit füreinander nehmen. Entweder werkeln wir nebeneinander her oder wir stehen uns im Weg.

In Berlin gingen wir manchmal, nur wir beide, essen oder in die Kneipe um die Ecke, machten Ausflüge. Nun gibt es hier nicht die Infrastruktur zum Ausgehen, wenn man sich nicht ins

Auto setzen will. Für Ausflüge haben wir selten Zeit. Otto wollen wir auch nicht mehr als nötig allein zu Hause lassen. Ja, man kann auch mit Hund was essen gehen, zum Beispiel, aber finde mal jemand außerhalb der Biergarten-Saison ein Lokal, in dem man sich über den Besuch eines ponygroßen Hundes freut.

Manchmal grillen wir oder sitzen an der Feuerschale, meistens aber mit Nachbarn oder wenn wir Besuch haben. Abends zu zweit auf der Terrasse sitzen oder am Feuer und reden? Selten. Denn da ist ja auch noch diese Müdigkeit. Wir fallen fast jeden Abend aufs Sofa und schaffen höchstens Sendungen, die bis zum „heute journal" dauern. Einmal versuchten wir, einen James-Bond-Film zu schauen – wir brauchten dafür drei Abende.

Nun planen wir zumindest ein verlängertes Wochenende in einem „Hundehotel". Nicht weit weg, landschaftlich sicher keine große Abwechslung, aber das macht nichts – einfach rauskommen, zwei Tage mit hoffentlich gutem Essen, genug Platz für Otto, langen Spaziergängen und ohne Verpflichtungen.

Während ich nun doch schon ganz schön lange herumsitze und vor mich hin sinniere, fährt Marc vor. Er steigt aus dem Wagen, Otto dreht durch vor Freude, springt an Marc hoch, hüpft wild über die Wiese.

Ich umarme Marc fest, Otto drängt sich zwischen uns, ich rufe: „Gruppenkuscheln!"

So stehen wir eine Weile da, bevor wir uns die Gesichter waschen gehen, danke Otto.

„Ich bau gleich das Sofa zusammen", meint Marc, „dann können wir das nachher mit ʼnem Aperol einweihen."

Damit bin ich sehr einverstanden. Als ich später wieder rauskomme, ist er schon am Werk.

„Wo war denn der Schraubenzieher?", will ich wissen.

„Na, da, wo er immer ist."

„Ach so", sage ich und grinse in mich hinein.

*

Erzähl mir einen vom Kraut

Es reicht. In welche Richtung ich auch schaue, wo immer im Garten ich mich herumtreibe – überall steht sie: die Nachtkerze, in allen Stadien ihres Wuchses, von kohlartigen Blattrosetten im Boden bis zu strauchhohen, ausladenden, sperrigen Gewächsen.

Unsere Haus-Vorbesitzerin, im Dorf mal mehr, mal weniger liebevoll als „Kräuterhexe" bezeichnet, hatte mir mit auf den Weg gegeben: Du bekommst das Kraut, das du brauchst. Was da wächst, ist für dich wichtig.

Da ich neuem Wissen zu Pflanzen erst einmal offen gegenüberstehe und mich ohnehin für die heilende Kraft all dessen, was da wächst, interessiere, kaufte ich mir gleich *Das große Lexikon der Heilpflanzen*. Und las nach, was die Gemeine Nachtkerze so alles kann. Sie soll beruhigende Wirkung haben – was ich gut gebrauchen könnte, zum Beispiel wenn ich im Garten bin und mich das übermäßige Wuchern der Nachtkerzen mal wieder leicht beunruhigt. Dazu soll die Wunderpflanze helfen gegen Keuchhusten, Verdauungsprobleme, Asthma, Rheuma, Hautirritationen und prämenstruelle Beschwerden. Haben wir alles nicht, aber kann ja noch kommen.

Die Wurzel habe ich probiert, schmeckt holzig. Nächste Wurzel, zweite Chance, auch holzig. Nichts gegen die Pflanze an sich, aber es ist einfach etwas viel, ich würde gern allem anderen in den Beeten und am Wegesrand etwas mehr Raum gönnen. Der Wein hatte sich schon eingerankt in die bis zu einem Meter fünfzig hohen Stengel, das bildete eine Art Spalier, was immerhin ganz schön aussah.

Ich könnte wenigstens die Samen nutzen, dachte ich. Waren ja genug da. Soll ein tolles Öl ergeben, das man sich unter die Augen reibt und damit die Hautalterung vielleicht etwas hinauszögert. Man braucht ein Basisöl, da hätten wir ein gutes Olivenöl im Haus. Die Samen sollen nach Fisch riechen, wegen der Omega-3-Fettsäuren, es wird empfohlen, den Geruch mit einem zusätzlichen ätherischen Öl einzudämmen. Da ich eine extrem gute Nase habe, zweifle ich etwas. Die getrockneten Samenkapseln soll man zu Pulver mörsern, mit Öl weiter mörsern, filtern. Dann kann man sich das fischige Zeug unter die Augen reiben.

Och nö, zu aufwendig, beschließe ich und verschenke Samen an Freundinnen. Macht ihr euch doch die Arbeit. Nachtkerzenprodukte sind teuer, klar, aber da man sie nur sparsam benutzt, halten sie auch lange, im Gegensatz zum selbst hergestellten Öl.

Seit unserem Einzug ist fast ein Jahr vergangen, und nach wie vor quält mich zwar innere Unruhe, aber nichts, was die Nachtkerze lindern könnte. Und Marc geht es nicht anders. Wenn es nach der schnell wachsenden Anzahl der Pflanzen geht, müsste es inzwischen richtig schlimm um uns stehen.

Was sich da noch besonders gewaltig ausgebreitet hat, abgesehen von Allzeitgegnern wie Giersch und Franzosenkraut, ist zum einen die Brennnessel, überall. Auch so ein Alleskönner, zum Beispiel soll sie reinigende Wirkung haben, Blutungen stillen, gegen Allergien wirken und auch bei Prostatavergrößerung. Hm. Ich habe schon zweimal Brennnesseljauche angesetzt, für Holunder und Rosen, also nützlich macht sie sich definitiv. Insekten mögen sie auch, wie die Nachtkerze, das ist gut, aber dort, wo ich arbeite, möchte ich sie doch verbannen, da sie mich nicht nur piekt, sondern auch zähe Wurzelgeflechte bildet und unheimlich hartnäckig immer wieder zum Vorschein kommt, auch dort, wo man gerade was anderes plant. Sie kann gern überall am Rand wachsen, das sind bestimmt zweihundertfünfzig Meter Länge plus ein bis drei Meter Breite – bitte sehr, wenn das nicht genug ist.

Und dann gibt es noch das Schöllkraut. Der ganze Vorgarten ist verschöllkrautet, auch hinten ist er überall in der Wiese und am Zaun vertreten, in den Beeten weniger.

Das kann auch wieder viel, unter anderem Muskeln, Bronchien und Darm entspannen. Es hilft bei Erkältungskrankheiten und ist der Gallenfunktion zuträglich. Auch zur Heilung von Hautkrankheiten, ob Warze oder Ekzem, soll es beitragen können. Und nein, haben wir nicht. Ich war noch nicht mal erkältet, seit wir auf dem Land leben.

Heißt das im Umkehrschluss, dass hier deshalb kein Dill gedeiht, weil wir keine Magen-Darm- oder Verdauungsprobleme, keine Blähungen und keinen Mundgeruch haben?

Ich will die Kraft der Natur gar nicht kleinreden, ich bin sogar überzeugt, dass ganz viele Pflanzen, auch solche, die dem Gärtner eher Unkraut sind, nützlich sein können, nicht nur für Insekten, auch für uns.

Doch ich behaupte, dass das alles sicher nicht unseretwegen hier wächst. Und beschließe, mich ab sofort nicht mehr schlecht zu fühlen, wenn ich die besagten Heilkräuter etwas eindämme.

*

Umbrüche

Ich mag die Übergänge von einer Jahreszeit zur anderen. Etwas Wehmut, ein bisschen Vorfreude. Will der Sommer sich wirklich schon verabschieden? Wie schön, der Geruch von Herbstlaub, bunte Blätter, gemütliches Fernsehwetter.

Gerade hatten wir allerdings eher einen Umbruch als einen Übergang: Am Nachmittag schwitzte ich noch im leichten Gartenkleid bei einunddreißig Grad, dann kam ein Sturm, und morgens früh war es handschuhkalt: sechs Grad. Schlagartig – wie eine Ohrfeige mit einem nassen, kalten Waschlappen.

Herbsteinbruch. Als würde man hinter dem Herbst hertrotten, man sieht ihn, aber noch muss man nicht zu ihm aufschließen, doch der Herbst bleibt abrupt stehen und man stolpert in ihn hinein.

Diesmal also Wandel in Zeitraffer:

Marc befeuert zum ersten Mal den Kamin.

Mir fällt wieder ein, dass meine Regenjacke nicht mehr dicht ist. Hektisch suche ich den Übergangsmantel mit der Kapuze. Im Kleiderschrank ist er nicht, im Sofastauraum auch nicht, ach, ich hatte ihn vor Monaten in den Wäschesack gelegt, richtig, da liegt er immer noch.

Ich gehe Gassi in dickem Hoodie und Gummistiefeln, die freie Hand in der Hosentasche.

Und wir diskutieren ein weiteres Mal: Reaktiviert man die Heizung nach dem Kalender oder nach der Außentemperatur? Marc meint, es sei doch erst September. Mir hingegen ist es völlig egal, welchen Monat wir haben, wenn meine Füße sich wie Eisklumpen anfühlen.

Wie schon in den letzten Jahren nehme ich mir fest vor, nun wirklich die flauschige Heizdecke, Lammfelloptik, zu bestellen.

Ich muss meine Haare nach dem Waschen föhnen, der Föhn ist nach Monaten der Vernachlässigung ganz eingestaubt.

Die letzten Mückenstiche verheilen, die Biester sind schlagartig verschwunden.

Auch die Nachtschnecken, tags zuvor noch morgendliche Stolperfalle, lassen sich nicht mehr blicken.

Ein paar Trauben wollen doch noch reifen, viele Tomaten auch – es bleibt spannend.

Ich muss an Rilke denken, nicht nur wegen des Weins und der Tomaten. Wie tröstlich, dass wir ein Haus haben, dass ich nicht allein bin.

Und dann bestelle ich endlich die Decke. Der Wetterbericht behauptet, wir bekämen noch ein paar richtige Sommertage. Mir egal. Das wird kuschelig. Auch wenn der Kauf einer Heizdecke sich anfühlt wie mein ganz persönlicher Um- und Einbruch: vom „Bestager" zur Greisin, mit nur einer Bestellung.

*

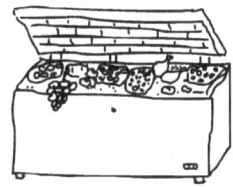

Wächst was? II – Wer braucht das alles?

Oktober. Kraniche und Wildgänse formieren sich, der Hirsch röhrt, die Kastanie purzelt aus dem Geäst. Zeit, die zweite Sommerhälfte Revue passieren zu lassen.

Vorweg: Die Gefriertruhe war die beste Anschaffung dieses Sommers. Bisher hatten wir mit den drei Gefrierfächern unterm Kühlschrank Tetris geübt, ob mit der Weihnachtsgans, den fünf Kilo Rind vom Nachbarn oder den vielen Beeren im Frühsommer. Wofür hat man denn einen Hauswirtschaftsraum? Die Truhe ist ein Traum im „HWR".

Wobei man sich fragen könnte: Kann und will man das ganze Zeug überhaupt verwerten, das man da reinwirft? Hält sich ja nicht ewig. Und da Marc und ich beim Einräumen einer unterschiedlichen Logik folgen, ist das erstaunlich schnell zu einem mehrschichtigen Groß-Durcheinander geworden. Suche Gulasch, finde pürierte Erdbeeren. Suche Frischkäse und gebe auf. Und was ist das? Huch, das müsste man aber mal verbrauchen.

Da hat doch eine Kanadierin ihre Hochzeitstorte aus den sechziger Jahren wiedergefunden beim Aufräumen ihrer Tiefkühltruhe, mehr als fünfzig Jahre später. Ich wollte es erst

nicht glauben, inzwischen kommt es mir gar nicht mehr so unwahrscheinlich vor.

Jedenfalls frage ich mich allmählich, ob wir es nicht mit Aussaat und Anpflanzen etwas übertreiben. Wer braucht das alles?
Und ich habe schon genug zu tun mit den ganzen Obstbäumen
und -sträuchern, die hier schon standen.

Christo merkte an, dass das der Eifer der ersten Jahre sei – die
Städter, die aufs Land ziehen und sich erst mal austoben, man
will ja sich und anderen zeigen, dass man es draufhat. Und diese
Spannung, die Vorfreude auf selbst Angebautes.

Der August hatte kühl und stürmisch begonnen. Und für
mich mit einer Erntepause: Für den Broccoli war Marc zuständig,
und die restlichen Erbsen waren vertrocknet – die Jahresernte
betrug also genau einhundertvier Gramm.

Als es erneut wärmer und sonniger wurde, verbrachte ich wieder mehr Zeit mit Jäten und verteilte getrockneten Grünschnitt
auf den Gemüsebeeten. Der Feldsalat kam nicht, womöglich
hatte ich ihn zu selten gegossen oder mit Unkraut verwechselt.

Wir fuhren eine Woche weg, kamen wieder, und auf einen
Schlag waren alle vier Weinsorten reif. Die roten Trauben sollten
mich lange beschäftigen, sie stellten alles andere an Obst und
Gemüse in den Schatten.

Die weit oben wachsenden Trauben überließ ich letztendlich
den Vögeln und Insekten, zumal ich Höhenangst auf Leitern
habe. Es waren trotzdem etwa zehn Kilo, und selbst unsere neue
Truhe stieß an ihre Grenzen. Und die Holunderbeeren kamen
noch hinzu.

Marc spottete über meine Art der Trauben- und Holunder-
beerenlese. Ich gebe zu, ich bin dabei sehr langsam. Ich ziehe
nämlich fast jede Traube einzeln von der Rispe. So kann ich
gleich die schlechten aussortieren, alles, was schrumpelig ist,
angefressen, eingesponnen und so fort. Will ich das in meinem Gelee haben? Eben. Genauso verfuhr ich mit dem Holunder. Nachdem ich die erste Minischnecke an einer Beere entdeckt hatte, pulte ich auch die Beeren einzeln von den Rispen.
Entzückend, diese Winzlinge, aber im Gelee brauche ich sie
auch nicht.

So flott, wie professionell Pflückende das sicher bewerk-
stelligen – gelangen da nicht Unmengen an Viehzeug in die
Marmeladengläser, den Saft, den Wein? Nicht weiter drüber
nachdenken.

Ich lernte also, Gelee aus Weintrauben und Holunderbeeren
herzustellen, und den Rest verwahrte ich für Saft. Auch, weil
sich mittlerweile mehr als genug Marmeladen- und Geleegläser
im Flurregal zwischen Schuhen und Taschen türmten.

Nicht ahnend, dass er recht plötzlich vor der Tür stehen
würde, freute ich mich in diesen warmen, sonnigen September-
tagen auf den Herbst. Noch mussten wir fast täglich wässern.
Nur morgens war es angenehm kühl, perfekt für die Gartenarbeit. Und davon gab es genug – nicht zuletzt, weil Äpfel und
Birnen nun reif waren.

Während wir gegen die Mengen anaßen, kam stetig Nach-
schub von den Nachbarn. Wir könnten Pfirsiche ernten, boten
auch welche an, nein, nicht noch mehr Obst und Ernte, vielleicht
nächstes Jahr. Vitaminschock!

Marc schleppte Tomaten an, in allen Größen, Formen und Schattierungen von schwarz über violett und rot bis gelb. Es gab Tomatensalat, Tomatensoße, ganz viel selbstgemachten Ketchup.

Schließlich erntete ich noch die weißen Bohnen und die Feuerbohnen – nicht wenig. Ab in die Gefriertruhe. Chili con Carne ist eins der wenigen Gerichte, die ich wirklich gut hinkriege – das werde ich also mit den Bohnen anfangen. Ich will sie ja nicht erst in fünfzig Jahren wiederfinden ...

Nun, Anfang Oktober, ist nur noch Kohl im Beet, außerdem stehen da noch die mächtigen Pastinaken. Die sollen ruhig einmal Frost abbekommen, bevor man sie aus der Erde holt, hatte ich gelesen, hoffentlich stimmt's.

Ich könnte mich entspannen ... Doch was sehe ich? Die Erdbeeren sprießen alle wieder, manche haben Blüten, sogar schon wieder Früchte. Im Oktober?

Nachbar Schulz weiß auch keinen Rat, und das soll schon was heißen: „Die Natur spielt verrückt!"

Ich beschließe, die Erdbeeren zu ignorieren.

Heute kam mein bestelltes Marillenbäumchen an. Von wegen nicht noch mehr Pflanzen.

Ich kann das erklären: Ich brauche doch Marillenmarmelade für meine Sachertorte, und als Aufgesetzter macht sich die Marille bestimmt auch hervorragend. Und ein Bäumchen zu pflanzen, ist schon etwas Besonderes.

Also noch mal raus, wo ich die Pflanzanleitung weitere Male lese, bevor ich losgrabe, ich will ja nichts falsch machen.

Abends sitzen wir auf dem Sofa, Marc blättert im Gartenkatalog – er will den Wildwuchs an der Küchenseite nächstes Jahr in ein Staudenbeet verwandeln. Ich schaue schon mal im Kartoffelratgeber nach Sorten für die nächste Saison.
Was ist das? Ich fürchte: kribbelige Vorfreude.

*

Aufm Land

Dorfleben ist für mich, wenn …

… mal ein Pferd die Straße entlang galoppiert.

… ein kleiner, moppeliger Hund allein Ausflüge durchs Dorf macht.

… man den Nachbarn fragt, ob man stört, und der entgegnet: „Nö, ich liege hier bloß und warte auf den Regen. Willstn Bier?"

… man im WhatsApp-Verteiler um Hilfe bittet und kurz drauf acht Leute im Garten stehen und anpacken.

… es draußen einfach immer schön ist (außer wenn der Schnee schmilzt).

… alle mit Holz heizen und „BImSchV" aussprechen können.

… man auf der Straße Federball spielen kann.

… drci Autos hintereinander ein Stau sind.

… die Luft immer so viel besser ist als anderswo (wenn nicht gerade Gülle ausgebracht wird).

… jeder weiß, was ein HWR ist.

… auch jeder weiß, was LVP und PPK sind und man seine Mülltonnen selbst an die Straße stellt.

… am Himmel so viele Sterne zu sehen sind, dass es einen immer wieder umhaut.

... alle die Gratis-Wochenzeitung lesen, nicht nur die Sonderangebote.

... ich schmutzige Fingernägel habe, jeden Tag.

... im Peelinghandschuh ein Ohrenkneifer sitzt.

... man immer jemanden findet, der genau das hat, was man gerade braucht, vom Kirschentsteiner bis zur Motorsäge.

*

Alle sind so müde

Eine Nachbarin meint, hier seien alle so oft krank oder zumindest sehr erschöpft. Das liege womöglich am Leitungswasser. Eine andere Nachbarin guckt in den Himmel und zeigt auf „Chemtrails", die uns krank machten.

Marc und ich fühlen uns aber bisher nicht so richtig krank, wobei ... Ich bin nicht ganz fit, aber es ist so unspezifisch. Marc geht es ähnlich: immer müde, zerschlagen, diverse Baustellen an den Gelenken, die man auf Gartenarbeit zurückführen könnte, aufs Alter auch.

Ich schlafe schlecht, was mittlerweile meistens okay ist. Wachwerden, schwitzen, zweites Kissen unter den Kopf und wieder einnicken.

Sonst ist da nicht viel. Marc brach sich vor ein paar Monaten einen Zeh, was aber an Sparsamkeit lag, nicht an Wasser oder Kondensstreifen. Er hatte den Bewegungsmelder im Flur auf recht kurze Beleuchtungsphasen eingestellt – so ging das Licht aus, als er noch auf den Stufen war und mit dem nächsten Schritt ins Dunkel am Laminatpaket anstieß, das am Fuße der Treppe auf Verarbeitung wartete.

Nach drei Stunden Notaufnahme war er auch nicht schlauer:

„Ist wohl gebrochen, kann man nichts machen."

Ich verstauchte mir den Finger, als Otto sich mal wieder losriss. Tapen und Warten. Eine Bindehautentzündung hatte ich auch mal, zum Glück hatten wir noch die pflanzlichen Tropfen für den Hund im Schrank, die auch bei mir hervorragend wirkten.

Wenn früher was wehtat, bekam ich schnell einen Termin bei meiner Hausärztin, fünf Minuten zu Fuß entfernt. Hier und heute, im Wissen darum, dass ein Termin nicht so leicht und schnell zu ergattern ist und um die Ecke schon mal gar nicht, warte ich erst ein paar Wochen oder Monate ab, ob der Schmerz von selbst weggeht. Ich lese nach, ob etwas Heilendes im Garten wächst, schaue, ob noch alte Tabletten im Schrank sind – oder eben was vom Tierarzt.

Otto hat ja auch diverse Zipperlein, bisher zum Glück nichts Schlimmes. Meistens sind es Magendarmprobleme.

Als meine Gelenkschmerzen schlimmer wurden, gerade an den Fingern, was mich wunderte, suchte ich doch meinen neuen Hausarzt auf.

Die Sprechstundenhilfe nahm zunächst auf, was mich in die Praxis geführt hatte, „Stichworte reichen".

Ich erzählte von meinen Beschwerden und scherzte, dass ich außerdem kaum zum Schlafen käme, weil der Hund gerade Durchfall hätte.

Nach kurzer Wartezeit kam der Arzt herein, schaute in seinen Rechner und konstatierte: „Sie leiden also unter Schlafproblemen."

„Ähm, nein, also ja, aber deshalb bin ich nicht hier …"

„Hat sie aber aufgeschrieben", meinte er mit Blick auf den Monitor.

„Die habe ich nur, weil der Hund Durchfall hat."

„Durchfall hat sie auch eingetragen."

Wahrscheinlich kommen viele wie ich vom Dorf mit akutem Plauderbedarf, wenn man schon mal rauskommt und jemand anderem begegnet, und die Sprechstundenhilfe hat bei all dem Geplapper eine Durchzugstrategie entwickelt und schreibt bloß Symptome runter.

Ich hatte an Arthrose gedacht, aber der Arzt führte auch Rheuma und Gicht ins Feld und die folgende Blutuntersuchung zeigte tatsächlich erhöhte Werte. Das könnte ein Rheumaschub sein, sagte die Sprechstundenhilfe am Telefon, ich sollte zügig zum Rheumatologen. Mir wurde ganz anders.

Und da finde man mal einen Rheumatologen. Ist in der Stadt allerdings auch nicht besser, habe ich mir sagen lassen. Ich versuchte es optimistisch in mehreren Praxen, die aber alle keine neuen Patienten aufnahmen. Jemand empfahl mir den telefonischen Terminvergabeservice, aber dafür hätte mir der Hausarzt einen zwölfstelligen Code geben müssen, und so dringend sei es nun doch nicht. Hm. Schließlich meldete sich eine Praxis zurück, um mir zu sagen, dass es einen neuen Rheumatologen in einer Kleinstadt in der Nähe gäbe – wie nett! Nix wie hin.

Der junge Arzt wirkte engagiert und nahm sich Zeit, erklärte und hörte zu.

„Von Rheuma sind Sie weit entfernt", sagte er schließlich und vermutete eine „normale" Entzündung, gegen die ich Tabletten nehmen sollte.

„Sie können gern wiederkommen, wenn Sie morgens eine Stunde brauchen, um Ihre Hände zu bewegen und eine Tasse aus dem Regal zu nehmen", befand er.

Das wäre mir dann doch etwas spät. Aber ich war sehr erleichtert. Und sollten dereinst die Tassen im Regal wackeln: Ich bin vorbereitet – ich habe einen Rheumatologen.

Die Gelenkschmerzen gingen weg und kamen wieder, gefühlt überall am Körper. Als ich einer Freundin davon erzählte, auch von Erschöpfung und Reizbarkeit, berichtete sie, dass es ihr genauso ergangen wäre.

„Bei mir waren das Wechseljahressymptome", meinte sie. Nicht nur nächtliches Wachliegen und Schwitzen, auch die Gelenkschmerzen, auch das Gefühl über Monate, völlig zerschlagen zu sein, nach dem Aufwachen zu denken: Jetzt wären acht Stunden Schlaf nicht verkehrt.

Eine Hormontherapie hätte ihr geholfen. Allein das Wissen erleichterte mich sehr. Ich würde das angehen.

Und mir wurde langsam klar, dass ich das Thema unterschätzt hatte, ach, die paar Phasen mit Hitzewallungen, die wachen Nächte. Dass einen das so lahmlegen kann, hätte ich nicht erwartet.

Männer sollen ja auch Wechseljahre haben – vielleicht erklärt das Marcs Müdigkeit. Vielleicht erklärt das auch gleich die Müdigkeit der Nachbarn mit, von wegen Kondensstreifen und Leitungswasser. Sind ja einige in unserem Alter. Und dann die viele frische Luft.

Bessere Erklärungen fallen mir nicht ein, aber ich bin auch gerade sehr schläfrig.

*

Frage an die Natur – schlafen Insekten?

Der Herbst, die Zeit des Übergangs, in mehrerlei Hinsicht.

Ist es im September oder Oktober warm und sonnig, scheint offenbar die Sonne in einem Winkel wärmend auf unseren Dachboden, dass sämtliche Fliegenarten noch mal Frühlingsgefühle bekommen. Im Schlafzimmer ein großes Gesumme und Gebrumme und schließlich Sterben, schwarze Fensterbänke. Ein Fliegenfänger an der Decke nutzt kaum etwas, da die Insekten fast ausschließlich gegen die Fenster fliegen. Ich nehme den Akkusauger. Anfangs hatte ich zum Saftglas gegriffen. Fliege mit dem Glas fangen, Postkarte drunterschieben, Fliege aus dem Fenster werfen. Wäre nun aber ein Halbtagsjob gewesen.

Neulich saß ich auf der Terrasse und wollte eine Kiefernwanze von meinem Stuhlkissen schütteln, in dem Moment fiel eine andere in mein Glas. Hatte ich die zwei bei der Balz gestört? Die ersten in diesem Herbst. Aha, es ging los: Der Wechsel von Fliege zu Wanze stand an.

Ich wollte morgens zur Toilette gehen, hob den Klodeckel, und auf der Brille saß eine Wanze. Ich schlug die kuschelige Überdecke hoch, zwischen Bettdecke und Fleece lag, na, was wohl. Sah gemütlich aus. Glas, Postkarte, aus dem Fenster damit.

Die Wanzen treten nicht so invasiv auf wie die Fliegen, außerdem widersetzen sie sich dem Sauger tapfer. Und irgendwie mag ich sie. Kurzer Gedanke: Hatte die geschlafen? Hab ich die aufgeweckt? Anschlussfrage: Schlafen Insekten? Ich habe keine Ahnung. Bei Eintagsfliegen zum Beispiel wäre Schlafen ja ganz schön verschwendete Lebenszeit. Aber womöglich haben die auch ein anderes Zeitempfinden.

Ja, Insekten schlafen. Ich finde eine Studie zum Schlafverhalten der Bienen. Sie haben unterschiedliche Schlafphasen und man merkt ihnen an, wenn sie unausgeschlafen sind. Je nach Alter und Funktion wird unterschiedlich lange, zu anderen Zeiten und an verschiedenen Orten geruht.

Alle Insekten schlafen, sagt ein Insektenforscher. Nicht alle gleich viel, je nachdem wie viel sie sonst in Bewegung sind. Sie brauchen die Ruhepausen. Man könne es ihnen ansehen, wenn sie schlafen, sie sitzen dann ganz ruhig da, um aufzutanken.

Upps, arme Wanze. Unsensibel aufgeweckt und dann noch aus dem Fenster geschmissen. Ich hätte noch mehr Fragen: Träumen Insekten? Und wie lange brauchen Insekten, um wach zu werden? Bei mir dauert das schon mal etwas länger. Für die Wanze hoffe ich: nicht länger als der Transport vom Bett zum Fenster, um zumindest die Erinnerung daran zu aktivieren, dass sie fliegen kann.

*

Frage an die Natur – trauern Mäuse?

Neulich fand ich auf unserer Wiese drei tote Mäusekinder. Sie lagen in einem Umkreis von etwa einem halben Quadratmeter, eins auf dem Rücken, zwei auf der Seite. Winzig. Sie sahen so friedlich aus. Eins war halb von einem herbstlich gelben Lindenblatt bedeckt, als hätte jemand den Kleinen pietätvoll aufbahren wollen. Vielleicht waren die erfroren und die Mäusemutter hatte sie deshalb aus dem Bau befördert? Mir war nicht klar, dass Mäuse zum Teil Nester in Bäumen, in Baumhöhlen bauen. Also hatte das Nest vielleicht den letzten Sturm nicht überstanden und sie waren so im Gras gelandet? Ich weiß auch nicht, was das für Mäuse waren, es gibt ja Wühlmäuse und „Echte Mäuse" und dann zum Beispiel die Haselmaus, die streng genommen keine Maus, sondern ein Bilch ist ... Allein für das tolle Wort möchte ich mehr über Bilche erfahren.

Otto interessierte sich gar nicht für die kleinen Tiere, was mich wunderte, nutzt er tote Mäuse doch sonst gern als eine Art Kaugummi – er knabbert auf ihnen herum, spuckt sie wieder aus und wieder von vorn. Etwas eklig, übrigens.

Marc meinte später: „Die rochen für ihn noch nicht interessant genug."

Möglich.

Empfindet eine Mäusemutter so etwas wie Trauer?, fragte ich mich. Oder befindet sie einfach praktisch: Fängt an zu riechen, muss raus?

Elefanten trauern um tote Mitglieder der Herde, Affenmütter um verstorbene Kinder, Hunde betrauern den Tod des vertrauten Menschen – was man so aus Dokumentationen in Erinnerung hat. Dabei geht es, entnehme ich einem Text in der *Süddeutschen Zeitung*, um den Verlust eines Mitglieds der Herde, des Rudels, nicht um Mitgefühl. Der Verlust löst Stress aus. Auch bei Meerschweinchen zum Beispiel, wissen die Autoren.

Und wie ist das bei Mäusen? Mäusehalter berichten von Ähnlichem. Es gibt sehr viele Forenbeiträge zu diesem Thema. Wissenschaftler erforschen die Emotionen von Mäusen mithilfe ihrer Gesichtsausdrücke, Trauer wird dabei nicht erwähnt. Da Mäuse als soziale und intelligente Tiere gelten, vermute ich auch bei ihnen Verluststress. Mal sehen, was die Forschung noch herausfindet.

Einstweilen beschäftige ich mich mit dem sehr lebendigen Mäuseproblem in unserem Haus. In der Küche haben sich die Tierchen anscheinend das Pfannenschubfach als Rückzugsort ausgesucht, dort liegen einige Mäuseköttel. Doch das ist eine andere Geschichte. Die meinerseits sicher nichts mit Verlustsymptomen zu tun haben wird.

*

Komm ruhig, Winter!

Gestern früh ging ich mit Otto Gassi, die Sonne schien, es waren um die fünf Grad und ich ärgerte mich, dass ich meine Handschuhe vergessen hatte. Dass an der Garderobe noch die Sommer- und Übergangsjacken hingen und sämtliche Winterklamotten noch im Sofa-Stauraum eingemottet waren. Der September war warm, bis auf einen – wie sich dann herausstellte – kurzen Herbsteinbruch, doch die ersten Oktobertage warteten mit Regen und Sturm auf, nun ist die Kälte wirklich da. Immerhin habe ich die nicht winterharten Pflanzen schon in den Wintergarten gebracht.

Unterwegs traf ich einen Nachbarn. Wir plauderten kurz über die Großbaustelle an der Landstraße und unseren Schleichweg ins nächste Dorf, durch den Wald. Der Nachbar warnte mich vor der Straße, ich solle lieber langsam fahren, der Zustand der Fahrbahn würde immer schlechter.

„Und der Winter kommt", sagte er, mit einem durchaus bedrohlichen Unterton, „die meisten von uns werden ihn überleben, aber der eine oder andere wird da im Zaun hängenbleiben."

Der Satz blieb haften. Der Winter kommt, die meisten von uns werden ihn überleben. Nicht alle. Ich war gewarnt.

Später brachte eine Nachbarin Äpfel vorbei, ich war gerade bei der Gartenarbeit.

„Was du alles kannst und machst!", rief sie, auch eine Zugezogene, bewundernd aus.

Ich rechte bloß etwas Laub zusammen, um rund um das vor Kurzem gepflanzte Marillenbäumchen einen Schutz vor Frost aufzuschichten. Ich weiß noch nicht einmal, ob das notwendig ist, aber schaden wird es nicht.

Ich hatte mittlerweile meine Winter-Gartenjacke entmottet und sah womöglich mit dem großen Rechen, der dicken, langen Jacke, Arbeitshose, Handschuhen und gefütterten Gummistiefeln recht professionell aus.

Die Gartenarbeit dauerte keine halbe Stunde. Ich ging wieder rein, setzte mich an den Schreibtisch und dachte zufrieden: Ich bin jetzt gebrieft und offensichtlich auch gut vorbereitet. Der Winter soll ruhig kommen.

*

Zu viel „süß" ist auch zu viel

Grundsätzlich finde ich Mäuse sehr niedlich mit ihren Knopf-augen, lustigen Nasen und Tasthaaren, mit ihren Pfötchen und großen Ohren. Im eigenen Haus brauche ich sie nicht.

Wir probierten es lange: Tolerieren und Nebeneinanderher-leben. Auf dem Dachboden und in den Wandzwischenräumen störten sie nicht, wir hatten uns an das Getrappel ihrer winzi-gen Füße gewöhnt. Solange es nicht Hunderte wären und der Geruch verwesender Mäuseleichen durch Wände und Decken wehte. Was ich mir immer so vorstelle.

Die Nager übertragen Krankheiten, also würden wir lang-fristig etwas unternehmen müssen. Marc sprach davon, auf dem Dachboden nachzuschauen, um zumindest dort die undichten Stellen zu finden. Bevor ich da oben in Spinnenweben, zwischen lebendigen und toten Mäusen, Spinnen, Käfern und wer weiß, was noch, herumrobbe, würde ich jedes Geld für einen Kammer-jäger ausgeben. Aber so weit waren wir noch nicht, dachte ich.

Nun scheint der Herbst Mäuse dazu zu bringen, sich nach einem behaglichen Plätzchen für die kalte Jahreszeit umzusehen – verständlich. Und da finden sie unsere Wohnräume ganz prima, augenscheinlich noch kuscheliger als Wände und Dachboden.

Sie spazierten im September und Oktober zur Hintertür herein oder schlüpften durch geöffnete Fenster. Zunächst unbemerkt. Hörte ich es rascheln, dachte ich mir nichts dabei.

Marc erwischte eine Maus in der Küche und jagte sie raus, ich lachte. Der kleine Nager auf der Flucht vor dem großen Zweibeiner.

Am selben Tag hockte ich auf der Toilette und wieder raschelte es, ganz nah. Nanu? Da guckte mich auf einmal ein spitzes Gesichtchen an, die Maus hatte sich am Wäschekorb hochgezogen und schlüpfte nun hinein. Ich schrie auf vor Schreck, sehr laut wohl, Marc und Otto standen sogleich auf der Schwelle. Ich schämte mich – was für ein Klischee gab ich ab, es hätte noch gefehlt, dass ich auf den Badhocker gesprungen wäre. Ich zog schnell die Hose hoch, ließ die Männer ins Bad, winkte lachend ab und zeigte auf den Wäschekorb. Marc fischte die Maus heraus und setzte sie im Garten aus.

Einen Tag später saß ich in meinem Arbeitszimmer am Schreibtisch und vernahm wieder lautes Geraschel. Schrapp, schrapp, schrapp, anscheinend lief das Tier an der Tapete hoch, schon lugte es über den Rand der Heizung. Ich stand auf, die Maus sprintete durch den Raum, aufs Gästebett und darunter. Gut, dass Otto in dem Moment nicht, wie so oft, sein Nickerchen bei mir hielt. Er hätte die Maus gejagt und dann zwar sicher nicht gefangen, aber mit seiner, sagen wir, wuchtigen Eleganz eine Schneise der Verwüstung hinterlassen. Er ist halt keine Katze.

Ich erinnerte mich an einen Urlaub als Kind auf einem Bauernhof mit Mäusen im Zimmer, die meine Eltern auf altmodische Art gefangen hatten. Also holte ich einen Putzeimer, zerbiss ein Stück Schokolade – Schoko-Nuss, da würde doch kein Nager widerstehen können – und warf es in den Eimer. Mithilfe eines breiten, langen Pinselstiels baute ich noch eine Art Rampe vom Boden zum Eimerrand.

Es dauerte keine fünf Minuten. Das Mäuschen saß in der Falle und konnte sich nicht entscheiden, abwechselnd nahm es die Schokolade zwischen die Pfötchen, um daran zu nagen, und sprang, so hoch es konnte, um sich zu befreien. Ich brachte das süße Ding ganz nach hinten an den Zaun, ab in die Freiheit (und komm nicht wieder).

Während ich ein bisschen stolz war auf meine altmodische, aber wirksame Art der Mäusevertreibung, kaufte Marc schnöde Holzfallen, die er im Flur und in der Küche aufstellte, jeweils außerhalb von Ottos Reichweite. Der würde Schokolade wahrscheinlich auch nicht verschmähen, sie ist aber schon in geringen Mengen giftig für Hunde.

Einen Tag später schon gab es den ersten Genickbruch. Hoffentlich war die Maus wenigstens sofort tot.

Aber die Tierchen scheinen lernfähig zu sein. Die nächste Falle war nämlich leer – keine Maus, keine Schokolade. Das angeknabberte Stück Schoko-Nuss fand ich Wochen später beim Putzen zwischen den Sofarückenkissen.

Eine Nachbarin empfahl uns garantiert sofort tödliche Plastikfallen mit dem irreführenden Namen „SuperCat". Meines Erachtens eher das Gegenteil von Katzen – spielen die nicht erst mit ihrer Beute und legen sie dann als Geschenk auf Fußmatten oder in Betten?

Nun ist November, und der Plastiktod kommt bei uns zum Einsatz. In allen Räumen und in der Zwischendecke. Es wurde zu viel, so süß die Viecher auch anzusehen sind. Im Pfannenschubfach in der Küche zählte ich neunzehn Mäuseköttel. Das Fach ist zur Küchenrückwand offen, trotzdem frage ich mich, warum sie ausgerechnet die Gesellschaft von Pfannen suchen, wo es doch anderswo Lebensmittel gäbe. Ich räumte das Fach aus, wischte mit Küchenrolle den Kot weg, schrubbte Boden, Seiten, Front gründlich mit Essigreiniger und verrieb schließlich etwas Essig. Schmiss den Lappen weg.

Leider beschäftigte ich mich erst nach der Putzaktion eingehender mit Mäusen als Überträgern von Viren. Hantaviren werden genannt. Ich hätte zu Einweghandschuhen, Overall und Mundschutz greifen sollen, mindestens. Nach ein paar Wochen kann man Fieber bekommen und grippeartige Beschwerden, gefolgt von Magendarmproblemen. Es ist noch nicht viel Zeit vergangen seit dem Schubladenputzen, noch fühle ich mich recht gesund. Bis auf dieses Kratzen im Hals …

Noch ein Grund mehr für die tödliche Plastikfalle. „Süß" ist Geschichte.

*

Otto wird erwachsen (naja, ein bisschen)

Otto ist nun siebzehn Monate alt. Die letzten Monate gab er den Halbstarken, ausgiebig. Grenzen austesten. Das sei normal in der Zeit des Übergangs von der Pubertät zum Erwachsenenalter, hörten wir. Jetzt müssten wir besonders konsequent sein.

Ich musste mich schon lange nicht mehr bücken, um ihm übers Fell zu streichen. Wenn ich das tat, hatte ich wenigstens nicht mehr das dringende Bedürfnis, mir die Hände zu waschen – den Pestgeruch von Rüdenpubertät hatte Otto abgelegt.

Unser Tagesablauf hatte sich früh eingespielt. Morgens raus, Otto folgte in den Garten, erledigte seine Geschäfte, kam wieder mit rein und wartete auf sein Futter. Nun blieb er manchmal einfach liegen. Oder trottete bloß bis auf die Terrasse und legte sich noch mal hin.

Nach dem Fressen streckte er sich weiterhin meistens bei mir im Arbeitszimmer vor dem Sofa aus oder rollte sich gemütlich ein und leistete mir Gesellschaft, mit den ihm eigenen Geräuschen. Um mich spätestens nach einer Stunde aufzufordern, endlich loszuziehen.

Unterwegs war der Wildfang mal aufmerksam, mal ignorierte er mein „Warte" bei unserer Übung oder kam aufreizend langsam zu mir geschlendert, als wollte er mir sagen: *laaaaaangwei-lig!* Oft ging er gut bei Fuß, sogar an anderen Dorfhunden vorbei, andere Male zerrte er mich sonst wohin oder riss sich los, um seine Kumpel zu begrüßen.

Genau in solchen Momenten war Frau Fischer meist nicht weit und sagte stets mit leichtem Kopfschütteln: „Ihr müsst strenger mit ihm sein. Und immer Martin Rütter gucken, jeden Tag!"

Wenn wir mit Anni und ihrer Hündin Flocke aufs Feld oder in den Wald gingen und ich mich traute, die Leine abzumachen, konnte Otto vorbildlich bei uns laufen, sich nicht zu weit ent-fernen und sogar beim ersten Pfiff zurückkommen, es kam aber auch vor, dass er etwas witterte und in der Ferne oder im Unter-holz verschwand. Einmal suchten wir zu viert das Waldstück zwischen Dorf und Landstraße nach dem Flüchtigen ab. Was mir da in kürzester Zeit alles durch den Kopf ging, während ich kreuz und quer durch Gestrüpp und Morast hastete. Was, wenn Otto auf die Straße lief und überfahren würde? Wenn er nicht mehr zurückfinden würde? Oder, oder. Zum Glück stand er irgendwann einfach vor Anni, als wäre ihm der Alleingang doch auf Dauer unheimlich gewesen.

Marc erging es bei den Nachmittagsrunden nicht besser. Wenn Otto Nutrias witterte oder ein Reh in der Ferne wahrnahm, stellte er die Ohren gern auf Durchzug.

Waren wir mit Christo und Bella unterwegs, hörte Otto oft bes-ser, wobei schon mal etwas durcheinandergeriet. Marc rief Otto, Bella kam angetrabt. Christo pfiff nach Bella, Otto rannte zu ihm, während Bella durch meine Beine lief. Also irgendwie funktio-nierte es, wenn auch nicht immer nach unserer Choreografie.

Überhaupt sortierten sich die Dorfhunde ganz gut untereinander, weitestgehend ohne unser Zutun. Bella war die Chefin, Otto ihr Schutzbefohlener, den sie verteidigte, aber auch korrigierte. Andere Hunde, vor allem Hündinnen, beäugte Bella kritisch und klärte flott die Hierarchie. Flocke hielt sich lieber fern von ihr. Die Pomeranianhündin durfte mit Otto spielen, ohne dass Bella eifersüchtig eingriff, aber gern sah die Ältere das nicht. Streuner Oschi ging seinen eigenen Weg, nicht schüchtern, aber auch nicht interessiert. Mit einer anderen Hündin aus dem Dorf freundete sich Otto kurz an, aber die wurde wiederum von einem Nachbarshund eifersüchtig bewacht, sodass wir gemeinsame Spaziergänge wieder aufgeben mussten.

Bisweilen machte Otto uns sogar stolz – zum Beispiel hatte sich Bella einmal ungewöhnlich weit von uns entfernt und hörte nicht auf Anhieb, woraufhin er zu ihr rannte und sie anstupste, bis sie mit ihm zurückkam – er muss sich das „Zurückholen" bei ihr abgeguckt haben.

Bella tat uns schon länger etwas leid mit ihrem aufdringlichen Zögling, und nun hatte er auch noch das Bellen für sich entdeckt. Wir kannten das bisher nur vom Fegen oder Laubharken, wenn er Besen und Rechen anbellte. Bei der Gartenarbeit waren wir rigoros und schoben Otto mit dem Knie oder Arm beiseite, schickten ihn streng weg – es klappte meistens. Saßen wir nun aber mit den Hunden im Garten, bellte Otto oft ohne Unterlass, mal wollte er mit Bella spielen, mal unsere Aufmerksamkeit. Bei seinem Dröhnen war eine Unterhaltung nicht mehr möglich. Ein bislang ungelöstes Problem – aber wenigstens bellt er sonst so gut wie nie, nicht wie Nachbarshunde, die jeden Spaziergänger, zum Teil sogar jedes vorbeifahrende Auto kommentieren.

Bei fremden Artgenossen gelang es Otto öfter weiterzugehen,

kurzer Blick, eventuell noch ein Schulterblick, gut. Bei fremden Hunden ohne Leine versuchte ich, ruhig zu bleiben und erst mal die Lage zu überblicken. Ich machte mich gerade, ließ die Leine etwas länger. Rannte der andere Hund auf uns zu, machte Otto sich gleich flunderplatt. Bedrohliches Knurren ließ er über sich ergehen, winselte kurz, schnüffelte mutig, zog sich wieder zurück, wollte wieder hin, könnte ja sein, dass man sich doch anfreundet. Die anderen Hunde zogen von dannen, wenn sie ihm gezeigt hatten, wer das Sagen hatte. Seid froh, dass das Riesenvieh so friedlich ist, dachte ich. Sollte der einmal richtig laut werden, würde es euch gleich ein paar Meter verwehen.

Und dann ist da noch Ronja. Die mittelgroße Mischlingshündin gehört Frau Fischers Tochter und lebt nun anscheinend ständig hier. Und Ronja mischt das Dorf auf. Sie ist sehr selbstbewusst. Anderen Hunden macht sie direkt eine Ansage, Menschen auch. Ich traute mich anfangs nur mit Leckerlis in der Tasche aufs Grundstück. Aug in Aug mit Bella legte sie der Älteren den Kopf auf den Rücken, eine Dominanzgeste, die nicht gut ankam. Zum Glück ist Bella so gut erzogen und Christo konnte sie schnell zurückpfeifen.

Nur mit Otto verstand sich die junge Dame auf Anhieb, die beiden beschnüffelten sich freudig am Tor, sie tobten zusammen im Garten oder Ronja riss aus, um mit ihm zu spielen.

Für Ronja ließ Otto alles stehen und liegen – erste Liebe. Da hatte sich unser Halbstarker ein toughes, hübsches Mädchen ausgesucht.

„Unser Kleiner hat Geschmack!", sagte ich und freute mich.

Marc verdrehte die Augen, aber ich war mir sicher, dass er das auch so sah.

Doch die Freude währte nur kurz: Der Spätherbst kam und Ronja wurde zum ersten Mal läufig.

Das fing ganz harmlos an. Unterwegs schnüffelte und zerrte Otto und war kaum zu halten; er war überhaupt nicht bei der Sache. Zuvor war Frau Fischer mit Ronja die Straße entlang gegangen, das hatte ich gesehen, aber dass er so außer Rand und Band Ronjas Spur folgte, war doch ungewöhnlich.

Beim nächsten Mal sprintete Otto zu Frau Fischers Tor, wo Ronja wild am Zaun entlangrannte, Marc konnte ihn nicht zurückrufen, schnappte ihn schließlich am Halsband.

Auf einmal lag Otto nur noch an unserem Zaun, gegenüber lag die Angebetete. Sie jaulte, er bellte. Um drei Uhr nachts weckte uns Otto, er wirkte ganz aufgeregt: Kommt endlich runter und lasst mich raus! Es passiert manchmal, dass er vor dem Schlafengehen seine Geschäfte vergisst und mitten in der Nacht raus muss. Marc drehte mit ihm eine Gartenrunde, Otto wollte nicht mit reinkommen, ungewöhnlich. Also Wintergarten. Kaum hatte Marc sich wieder hingelegt, jaulte der Hund. Er wollte unbedingt wieder nach draußen, am Zaun wachen und warten.

Das wiederholte sich auch in den nächsten Nächten, denn Frau Fischer ließ Ronja nun nachts vorn im Garten, wie wir schnell merkten. Ihr Schlafzimmer ist auf der anderen Seite, und da war ihr das Jaulen wohl zu laut. Dafür hatten wir nun den „Spaß". Mitten in der Nacht legte Otto sich mächtig ins Zeug mit Unmuts-, Trotz- bis Traurigkeitsbekundungen. Fiepen, Jaulen, Winseln, Janken, Knöttern, Bellen, in allen Tonlagen und Lautstärken, so lange, bis wir die Tür öffneten und er zum Zaun rennen konnte, um Ronja so nah wie möglich zu sein.

Unser Junghund hatte zweifellos seinen ersten Liebeskummer. Morgens verweigerte er das Futter, abends fraß er immerhin ein wenig. Tagsüber war er permanent unruhig. Sobald er eingedöst war, wurde er wieder wach, wollte schnell wieder raus. Ronja jaulte, Otto auch. Sogar Oschi trippelte auf seinen kurzen Beinchen erstaunlich ausdauernd gegenüber am Zaun entlang, von rechts nach links und wieder zurück und doch noch mal gucken, ob er nicht einen Eingang zum Paradies übersehen hatte. Es hätte noch gefehlt, dass der Herumtreiber mit Pomade im Fell und einem Blumenstrauß gegenüber vorstellig geworden wäre.

Nach ein paar Tagen nahm Otto morgens wenigstens Reis mit Möhren an, nach einer Woche fraß er wieder normal. Und meldete sich nachts nicht mehr. Wir waren sehr dankbar.

Nach dieser „heißen Phase" ist nun wieder Ruhe eingekehrt. Wir stellen auch fest, dass Otto uns nicht mehr so oft begatten will. Außerdem erkennen wir eher, wenn es mal wieder soweit ist: Otto dreht auf und schnappert so seltsam; das kannte ich bisher nur von kleinen Hunden, die mit den Zähnchen klappern, wenn sie „in Stimmung" sind. Sieht irgendwie peinlich aus, erst recht bei so großen Hunden wie unserem.

Otto zeigt mittlerweile sogar erstaunliche Momente von Impulskontrolle: Einmal kniete ich vor dem Kirschbaum, er näherte sich von hinten und stellte seine Vorderpfoten links und rechts von mir ab – und drehte sich wieder um. Wir können auch ab und zu wieder einfach raufen und kuscheln, ohne dass er weitere Ambitionen zeigt.

Was wir ihm leider noch nicht abgewöhnen konnten: das Anspringen. Das fällt womöglich auch anderen Hundebesitzern schwer, wenn das Tier sich so freut und man ihm gleichzeitig klarmachen soll, dass Springen nicht geht. Wir versuchen es, bloß offenbar nicht konsequent genug.

Leider macht er auch vor Fremden nicht halt, die er kennenlernen möchte. Wie die Tochter von Freunden, die uns besuchten. Die Vierzehnjährige rief anfangs noch begeistert aus: „Genau so einen Hund will ich auch haben!"

Das hatte sich nach dem Wochenende erledigt, als unser Zottel ihr nicht von der Seite gewichen war und jede Gelegenheit für einen liebevollen Sprung mit Gesichtswäsche genutzt hatte.

Davon abgesehen kommt uns Otto inzwischen ruhiger und entspannter vor, wer hätte das gedacht.

Er wirkt selbstständiger, verbringt – solange er weiß, wo wir sind und dass wir nicht zu weit weg sind – gern viel Zeit allein im Garten, stromert herum, rollt sich auf der Wiese hin und her oder sucht sich ein ruhiges Plätzchen. Ich habe ihm schon zugesehen, wie er einfach nur dasaß und in der Gegend herumschaute, als würde er meditativ die Meisen und Spatzen beobachten.

Auch nölt er nicht mehr, wenn die Tür vom Wintergarten zur Küche verschlossen ist und er rein will, sondern steht einfach vor der Tür. Das ist zwar cool, aber nur bedingt clever, dauert es doch manchmal länger, bis wir ihn bemerken und reinlassen.

Unser Eindruck, dass Otto ruhiger geworden ist, hängt in anderer Hinsicht auch mit dem Wundermittel zusammen, das wir seit Kurzem besitzen: dem Geschirr.

Wie viele erfahrene Hundebesitzer und auch -trainer hatten uns davon abgeraten! Dann verbrachten wir neulich ein Wochenende in einem „Hundehotel". Die Besitzerin schaute sich

Otto an und meinte sofort: „Ihr braucht ein Geschirr."

Natürlich nicht irgendeins, praktischerweise hatte sie da auch einen Shop mit allem Denkbaren an Hundeartikeln, vom Leckerli bis zum Laufband. Wir waren skeptisch, nahmen aber doch ein XXL-Geschirr mit, wir wollten es wenigstens versuchen.

Und siehe da: Seitdem ist das Gassigehen mit Otto so viel einfacher und entspannter. Er zerrt nur noch selten, ich muss die Leine auch nicht mehr hinterm Rücken entlangführen. Ich fühle mich deutlich sicherer, was sich wiederum auf den Hund zu übertragen scheint – wir sind ein so viel besseres Team.

Aber auch wenn Otto nun ausgeglichener und selbstständiger wirkt, Sorgen machen wir uns immer noch, er bleibt unser „Kleiner". Ich träume manchmal, dass ich ihn irgendwo sitzen lasse, einfach vergesse. Dass ich ihn nicht wiederfinde in großen Menschenmengen oder unübersichtlichen Einkaufszentren oder ihn in den Bergen aus den Augen verliere. Einmal träumte ich sogar, dass ihn ein fiktiver Nachbar vergiften wollte, und im Traum plante ich lange, wie ich mich bewaffnen und meinerseits den bösen Menschen meucheln könnte, damit er Otto nichts antäte. Jedes Mal: Aufwachen mit Herzrasen.

Wenn Otto mal wieder, ganz unerwachsen, Unsinn macht, schieben wir das gern auf seine Rasse: Leonberger sind halt so.

Wenn ich mich zum Beispiel darüber freue, dass unser Walnussbaum seine Produktion im Vergleich zum Vorjahr um neunhundert Prozent erhöht hat, also statt einer Nuss nun zehn da sind, Otto aber Walnüsse wider Erwarten super findet und meine fünfminütige Abwesenheit nutzt, um sämtliche zehn Stück aus der Schüssel zu stibitzen, alle zu knacken und zu verputzen. Tief durchatmen: Das ist sein Charakter – er kann nichts dafür.

Heute ist wieder so ein Tag, an dem Otto den Clown auspackt. Eine Paketbotin steigt aus, ich öffne die Haustür und habe nicht bemerkt, dass der Hund schon auf der Lauer lag. Otto zwängt sich durch den Türspalt, und schon hat die Botin ihn am Hals, im Wortsinne.

„Otto! Nein!!!" rufe ich und entschuldige mich.

Sie lacht und findet ihn ziemlich toll, sie hat selbst eine Dogge, erzählt sie. Glück gehabt. Wir müssen das abstellen, ich weiß.

Wenigstens hat Frau Fischer das nicht gesehen; die Botin fährt gerade ab, als unsere alte Nachbarin die Straße entlanggebrettert kommt, abrupt bremst und auf dem Grünstreifen zum Stehen kommt. Sie steigt mühevoll aus. Unser Tor steht noch offen, aber Otto guckt mich bloß an, er ist vielleicht im Kopf noch bei der tollen Botin.

Ich versuch's einfach: „Sitz, Otto! Und Pfote!"

Und Otto setzt sich hin und reicht mir seine Pfote, wie aus dem Lehrbuch, ich gebe ihm ein Leckerli. „Feiner Hund, ganz feiner Hund!"

Otto bleibt brav sitzen, während ich das Tor schließe. Puh, gut gegangen.

Frau Fischer guckt über den Rand ihrer Brille, dann lächelt sie und meint: „Euer Hund ist aber ein ganz Lieber!"

Und sie legt noch nach: „Da müsst ihr ja was richtig gemacht haben. Ihr habt ihm ganz viel gegeben, ne?"

„Er uns aber auch", stammle ich und verabschiede mich schnell. Ich bringe Otto rein und wische mir eine kleine Träne aus dem Augenwinkel.

*

„Wir sind hier isoliert"

Bin ich ein Stadtmensch? Die Frage stelle ich mir immer seltener. Nicht nur, weil ich nicht dazu komme.

Neulich schickte eine Freundin Fotos von dem Haus, in dem wir zuletzt in Berlin gewohnt hatten. Schmucklose Fassade, die meisten Balkone ohne Grün, in der Feuerwehrzufahrt parkte ein SUV – alles wie gehabt.

Die Freundin fragte: „Und, vermisst du dein altes Zuhause?"

Dieses Gefühl regte sich aber gar nicht. Stattdessen musste ich lachen – wie oft hatten wir die großen Karren verflucht, die mit laufendem Motor in der Einfahrt standen. Gefühlt ist das eine Ewigkeit her. Die letzte Wohnung ist verblasst, Fotos lösen keine Sehnsucht aus.

Zugegeben, an besonders trüben Tagen, respektive nachts oder früh morgens vor dem Aufstehen, stelle ich alles in Frage. Wäre ich nicht eher jemand für eine kleine, übersichtliche Wohnung und einen Schrebergarten? Und würde ich nicht selbst dann nach einer Weile sagen: Och, nö, Schrebergarten ist mir doch zu viel, Balkon reicht?

Aufstehen, das Nachtgrau abschütteln, weitermachen. Der

Tag vergeht, ich schaffe was, bin draußen, Ottos gute Laune steckt an, alles wieder gut.

Als ich das letzte Mal nach Berlin aufbrach, nur für zwei Tage, merkte ich: Ich freute mich auf die Stadt, darauf, gute Freunde zu treffen und auch darauf, mal wieder auszuschlafen. Und gleichzeitig freute ich mich aufs Wieder-nach-Hause-Kommen. Nach zwei Tagen fangen Mann, Hund, Dorf und Landluft an, mir zu fehlen. Ich neige dann zu Phantomhören: Ich meine ständig, Otto zu hören, seine Pfoten auf den Fliesen, sein Schlafatmen oder Fiepsen.

„Wir sind hier isoliert", sagte eine Bekannte an einem beachtlich scheußlichen Dezembertag. Sie ist auch zugezogen und lebt in einem ähnlich kleinen Dorf, unweit des unseren.

„Meinst du das politisch?", fragte ich sorgenvoll. Die ganz Rechten sind leider auch in unserer Umgebung auf dem Vormarsch. Da sind wir eher in der Minderheit, als wir es in der Stadt wären. Was das bedeutet, möchte ich mir noch nicht ausmalen.

„Ne, wir sind hier allein, meine ich. Ich hab die letzten Tage keinen Menschen gesehen, mit niemandem gesprochen. Ich rede schon mit den Zimmerpflanzen."

Ihr Mann war verreist, Haustiere haben sie nicht. Ich behielt für mich, dass ich ständig mit Pflanzen spreche, unter anderem.

Aber ich konnte sie gut verstehen: Draußen war es düster und kalt, keine Lust rauszugehen, allmählich wird man rammdösig. Und für Wochenendbesucher würden wir erst wieder ab Mai interessant werden, wenn man ohne Jacke draußen sitzen kann.

Noch nicht mal ein Spontanbesuch von Nachbarn wie im Frühling, Sommer, frühen Herbst, wenn öfter jemand auf einmal im Garten steht oder gleich in der Küche.

In der Stadt sieht man ständig Menschen, ob man will oder nicht.

Bloß dass man von vielen Menschen umgeben ist, heißt nicht automatisch, dass man nicht allein ist.

Wann kommt man schon mal ins Gespräch mit Fremden, auf der Straße oder beim Einkaufen? Die einen hasten, Kopf gesenkt, Blick aufs iPhone, die anderen müssen ihre Arbeit schaffen, schnell, schnell. Höchstens ein paar höfliche Worte bei bekannten Gesichtern, „Geht's gut?", „Ja, Ihnen auch?" und „Einen schönen Tag noch!"

Hier kann es passieren, dass am Ende des Einkaufs keiner mehr weiß, ob die über den Tresen gereichte Summe oder das Wechselgeld stimmt, weil wir uns so angeregt über unsere Hunde unterhalten haben.

Ich treffe auch öfter Nachbarn beim Einkaufen, klar, fahren ja fast alle zum selben, weil nächstgelegenen Supermarkt. Plaudern und drumherum Einkaufswagenslalom.

Ich sagte der Bekannten, dass ich mich auch manchmal etwas einsam fühle, vor allem im Winter, vor allem, wenn ich in Berlin war und ein, zwei Wochen vergangen sind. Ach, diese himmlische Ruhe. Hm. So viele Gespräche gehabt, zack, zurück in der Stille. Warum kommt keiner vorbei oder lädt ein? Noch nicht mal eine Zufallsbegegnung beim Gassigehen.

Das Gefühl vergeht aber schnell wieder. Hab ja Marc und Otto.

Und ich bin auch ganz gern allein.

Bei Bedarf gäbe es noch das Telefon, ganz altmodisch, nicht bloß WhatsApp-Sprachnachrichten. Oder Skypen, also als säße man sich gegenüber. Hat sich mir nie so richtig erschlossen, noch nicht mal in Coronazeiten, Videotelefonie ist in meinem Kopf mit Arbeit verknüpft.

„Jetzt bist du ja da", sagte meine Bekannte freudig.

Später meinte sie doch noch: „Wir können ja auch mal wieder telefonieren."

„Aber sehr gern, das machen wir!", sagte ich. Würden wir nicht, aber wir könnten.

*

Die Magie des Herrn Schulz

Es ist Ende Dezember, ich wasche Wäsche, auch wenn man das jetzt laut Aberglauben nicht tun soll. Bisher hat sich noch kein Kobold in den aufgehängten Socken verfangen.

Die Zeit „zwischen den Jahren" sei magisch, so sagt man.

Herr Schulz hingegen ist ganzjährig magisch: So scheint er unter anderem über die Gabe der Omnipräsenz zu verfügen. Durch seinen Blaumann schon von weitem erkennbar, sieht man ihn seinen Zaun flicken, kurz darauf schon auf einer Leiter die Hecke eines Nachbarn mit der Säge trimmen. Zeitgleich meint man, ihn im Pritschenwagen vorbeiziehen zu sehen, auf dem Weg zu einer anderen Aufgabe.

Der Eindruck entsteht sicher, weil Herr Schulz sehr hilfsbereit ist, er werkelt ständig irgendwo im Dorf herum, selten steht er mal einfach mit einem Kaffeebecher in der Hand am Tor.

Ich glaube, Herr Schulz hat ein großes Herz. Auch wenn er oft etwas streng rüberkommt – er ist recht lang und hager, ein bisschen wie der Mann mit der Forke aus dem „American Gothic"-Gemälde, und sieht auf seine Gesprächspartner immer etwas von oben herab über den Rand seiner Brille. Er steht einem aber stets mit Rat und Tat zur Seite, auch sein Pflanzenwissen scheint unbegrenzt zu sein.

Anfangs wirkte er etwas distanziert, misstrauisch; möglicherweise fragte er sich, wie lange wir, „die Buletten", hier klarkommen würden. Ob es überhaupt sinnvoll wäre, sich näher mit uns zu befassen. Auf einem Fest tranken wir Bier zusammen und stellten fest, dass wir dieselbe Musik mögen – das Eis war gebrochen. Ob es am Bier oder an der Musik lag, ist nicht mehr nachzuvollziehen.

Herr Schulz hat auch die Gabe, böse Kräfte von unserem Dorf fernzuhalten, naja, sagen wir: Kräfte.

Zum Beispiel Touristen: An einem sonnigen Herbsttag harkte ich im Vorgarten Laub. Ein Auto parkte schräg gegenüber auf dem Grünstreifen, am Zaun der Schulzens, ein älteres Paar stieg aus. Herr Schulz war nicht weit, Herr Schulz ist nie weit. Schon hörte ich ihn mit kräftiger Stimme und einem Unterton Irritation rufen: „Warum parken Sie hier?"

Ich zog mich hinter unsere Hecke zurück. „Guten Morgen, kann ich Ihnen helfen?", soufflierte ich ihm in Gedanken.

„Hallo, wir, äh, wollen zum Schloss", stammelte der ältere Herr.

„Und warum parken Sie dann hier?"

„Ach so, gibt es am Schloss einen Parkplatz?"

„Ja, sicher", erwiderte Herr Schulz nur.

Die Touristen hatten den Wink verstanden und fuhren davon.

So eindrucksvoll unser Schloss ist, ob die zwei unser Örtchen weiterempfehlen werden, weiß ich nicht.

Herrn Schulz wird es recht sein, wenn es ruhig bleibt, alles ist gut so, wie es ist.

Vor kurzem plauderten wir am Zaun, und Herr Schulz berichtete mir von einem weiteren Zeugnis seiner magischen Schutzschildkräfte: „Da stand so ein jüngeres Paar, naja, so in eurem Alter, hier in der Straße und sah sich um, die habe ich natürlich angesprochen!"

Oh je, dachte ich.

Was sie denn hier wollten, hätte er gefragt. Ein Haus kaufen, hätten die zwei gesagt, oder ein Grundstück. Ob hier im Dorf vielleicht etwas frei wäre?

„Das geht doch nicht!", meinte Herr Schulz. „Denen hab ich gesagt: ‚Sie können doch nicht einfach hierherkommen und ein Haus kaufen wollen! Da muss man doch erst mal gucken, ob Sie überhaupt hier hinpassen!'"

Die wären dann schnell weggegangen.

„Das geht ja aber nun wirklich nicht!"

Ich kann ihn verstehen, aber wie soll das funktionieren? Ich stelle mir vor, wie potenzielle Neuzugänge sich auf einer Einwohnerversammlung vorstellen müssen, dann wird abgestimmt, und je nach Votum müssen die dann einen Monat probewohnen. Mit Testaufgaben und Überwachung, „Big Brother Country".

Nur gut, dass wir Herrn Schulz nicht vor unserem Hauskauf in die Arme gelaufen waren.

In unserem Dorf ist es meistens sehr ruhig, nicht nur aus magischen Gründen. Nur im Sommer, wenn viele Touristen und Konzertbesucher hier einfallen, versagt sogar der Zauber des

Herrn Schulz.

Er hat dann ohnehin anderes zu tun, oft sehe ich von Weitem, wie er in seinem eigenen Garten arbeitet. Da macht er bestimmt geheime Pflanzenexperimente.

Herr Schulz ist nämlich nicht nur Schutzpatron unseres Dorfes. Seine Magie strahlt bis in die Pflanzenwelt: Er ist Dillflüsterer. Wo andernorts, bei sämtlichen Nachbarn, jeglicher Aussaatversuch kläglich scheitert, bloß Fenchel sprießt und im Netto verschämt zu den tiefgefrorenen Kräutern gegriffen wird, da erfreut sich Familie Schulz an üppigem Dillgrün, kräftig, büschelweise. Wenn man Herrn Schulz nach seinem Geheimnis fragt, entgegnet er: „Das sät sich immer wieder selbst aus." Schulterzucken.

Da ist er mir kurz etwas weniger sympathisch.

*

Wenn die Silvester-Hits nicht helfen

Unser Hund ist furchtlos. Dachten wir bisher. Er begegnet der Welt offen und neugierig, ob Mensch, Tier oder Pflanze. Ob Stein, Holzscheit, Kuhfladen, Autoreifen oder Winterstiefel. Die Welt will beschnüffelt werden, abgeleckt, markiert, bespielt, angeknabbert, zerlegt.

Selbst dem einen Dorfhund, der partout keine Lust hat, mit ihm zu spielen und der Otto schon genervt zwickte, nähert sich unser freundliches Kerlchen immer wieder, schwanzwedelnd und spielbereit. Furchtlos halt (und wenig lernfähig).

Lärm ängstigte Otto bisher auch nicht. Aus den Welpenwochen in Berlin kennt er alle Arten und Lautstärken von Großstadtlärm, das störte ihn nie, hinderte ihn noch nicht mal an einem Nickerchen.

Sein erstes Silvester, schon hier auf dem Land, verlief entsprechend unspektakulär. Die wenigen Böller, die ein paar Nachbarn verschossen, schien er zu ignorieren. Vielleicht auch, weil Nachbarhündin Bella es ihm vormachte.

Doch diesmal war alles anders am 31. Dezember. Ich verstand es bloß erst nicht. Nachmittags stieg Otto aufs Sofa, als wäre es selbstverständlich, und rollte sich neben mir ein. Auf meine Ansprache – „Runter! Aber schnell!!!" – reagierte er gar nicht. Na gut, dachte ich, mach's dir halt gemütlich, ausnahmsweise und solange Herrchen es nicht sieht.

Okay, in Sachen Konsequenz beim Thema Sofaverbot haben wir ein bisschen geschlampt. Aber nun wollte er anscheinend nur neben mir liegen, dabei hechelte er, kam nicht zur Ruhe.

Später stellte ich ihm sein Futter hin – normalerweise kommt er zum „Abendessen" schon angesprintet, wenn ich nur die Küchenwaage anfasse, diesmal aber: keine Reaktion. Ich setzte mich wieder zu ihm aufs Sofa, voller Sorge: War er krank? Magenverdrehung? Etwas anderes fiel mir in dem Moment nicht ein – Herumliegen, kein Appetit, Hecheln. Ich tastete seinen Bauch ab, der war aber weder aufgebläht noch hart.

In der Ferne ein Böller, Otto zuckte zusammen, zitterte, hechelte noch mehr. Da erst kam mir die Idee, dass er womöglich Angst vor dem Gekrache hatte.

Marc konnte ihn später zwar dazu bewegen, ein paar Schritte Richtung Küche zu machen, aber der Kleine stand dann nur mit eingezogenem Schwanz und angelegten Ohren herum und tat uns sehr leid. Selbst sonst zuverlässige Wunderwaffen wie Hühnerfuß und Schweinohr interessierten ihn nicht. Den Rest des Abends wollte er nichts essen und auch nicht trinken.

Leider gab es diesmal kein Furchtlos-Vorbild für Otto. Wir würden ohne Christo und seine Bella ins neue Jahr starten, da unser Nachbar sich ein Virus eingefangen hatte.

Marc und ich saßen abends in der Küche und spielten ein neues Spiel, „Dorfromantik", was sonst; der Hund verdrückte sich unter den Tisch, das hatte er noch nie gemacht. Bei jedem entfernten Knallen zuckte er zusammen. Wir schalteten den Fernseher ein, die *RBB*-„Silvester-Hitparade", extra für Otto, aber es schien ihm nicht zu helfen, weder laut noch leise. Dafür krallte sich „Paloma Blanca" als Ohrwurm in meinem Kopf fest, na danke.

Mitternacht, die Nachbarn legten sich leider mehr ins Zeug als beim letzten Jahreswechsel. Wir streichelten das Häufchen Elend unterm Tisch, bis es draußen endlich ruhiger wurde.

Am Neujahrsmorgen wankte ich schlaftrunken nach unten, zu früh, aber die Hühner nehmen ja keine Rücksicht auf Festivitäten.

Otto stand schon schwanzwedelnd unten an der Treppe, sein Blick schien mir zu sagen: *Na endlich!* Er fraß mit gutem Appetit und in Höchstgeschwindigkeit, leckte jeden Krümel auf, inspizierte seinen leeren Napf und die Fliesen, um anschließend interessiert am Küchenschrank zu schnuppern, auf dem das Schweineohr vom Vorabend lag. Kriegst du, Otto, hau rein.

Für den nächsten Jahreswechsel müssen wir uns was überlegen. Eierlikör? Baldrian? Bella? Häufigere Besuche in der lauten Großstadt zur Desensibilisierung? Silvestercamping mitten in einem Naturschutzgebiet, noch abgelegener als unser Dorf? Wir sind für alle Tipps offen!

*

So viele Bäume

Wir sitzen gemütlich mit Nachbarn bei Arthur am Kamin und sprechen über den Tod. Mir geht da nämlich etwas im Kopf herum, seit meinem letzten Gespräch beim Gassigehen mit Anni.

Anni und ich schauten wieder einmal weit voraus.
Sie: „Ich werde dich dann fragen: ‚Haste mal ’ne Zigarette?‘"
Ich: „Meine Antwort wird lauten: ‚Wir rauchen nicht mehr, wir sind tot. Wir sind selbst Asche.‘"
Wir malten uns unsere Zukunft im Friedwald aus, wo unsere Asche dereinst unter Bäumen verteilt werden möge.

Unsere letzte Ruhestätte ist wenige hundert Meter Laufweg entfernt, ein verwunschenes Mischwäldchen mit vermoosten Wegen und Pfaden, mit einem Platz und Bänken zum Trauern und Erinnern.
Die Bäume sind nummeriert, sodass sich jeder einzelne mithilfe des Plans am Eingang gut finden lässt. Zum Teil sind die Stämme mit Namensschildern versehen, manchmal mehreren. Grabschmuck gibt es nicht, nur die Natur.
Ich gehe dort gern spazieren, ich mag die Ruhe, das Grün, die

Stimmung. Ich bin nicht religiös, aber mir gefällt der Gedanke, dass das, was von mir übrig bleibt, dort einmal verstreut wird. Ob wir dort als Geister unseren Schabernack treiben werden oder bloß die Bäume düngen.

Ich beschäftige mich sowieso gerade mit „zukunftsweisenden" Themen wie Pflegevollmacht und Testament – nicht aus einem konkreten Anlass, sondern weil ich die letzten Dinge gern regeln würde, solange ich noch halbwegs geistig auf der Höhe bin, geht ja alles bergab, und erst ab fünfzig …

Also dachte ich nach dem Plaudern mit Anni: Ich sollte das irgendwo verfügen, nicht nur, dass ich im Wäldchen unterkommen möchte, sondern auch unter welchem Baum. Letzteres eher für mein Wohlgefühl zu Lebzeiten. Also nicht ein spezieller Baum, Nr. 17a, die leicht schiefe Esche, oder Nr. 146b, der kecke Ahornaustrieb, nein, einfach eine Baumart.

„Einfach" kam mir das dann aber nicht vor. Dabei wachsen bloß acht Arten im Friedwald: Ahorn, Birke, Buche, Eiche, Esche, Hainbuche, Kiefer und Ulme.

Ich fragte mich: Welcher Baum passt zu mir?

Die Birke fiel gleich heraus. Höre ich das Wort „Birke", sehe ich sofort öde, düstere russische Landschaften vor mir, wo nichts wächst, außer der Birke. Möglicherweise ist Tschechow schuld. Der Baum mag für Neubeginn und Frühling stehen, in mir löst er nichts Positives aus.

Marc schüttelte den Kopf über mich. Birken seien doch schön, außerdem zum Beispiel für Gleitschirmflieger sehr hilfreich, da ihre Blätter auch den kleinsten Wind anzeigten. Er möchte sich aber noch nicht festlegen.

Ahornbäume gefallen mir gut, mit ihrem schönen Wuchs und dem farbenprächtigen Herbstlaub. Pfiffige Rotoren-Samen, kluge Selbstverbreitung. Schutz gegen Hexen, Maulwürfe, Fledermäuse, so glaubte man in alter Zeit. Das mit den Maulwürfen wäre interessant, brauche ich dann tot aber nicht mehr.

Buchen fand ich schon immer langweilig, was ganz bestimmt ungerecht ist. Stattliche Bäume, pflegeleichte Hecken. Die Buche ist sehr produktiv, heißt es, zudem äußerst anpassungsfähig. Das passt schon mal beides nicht unbedingt zu mir. Und dann noch die ganzen Zuschreibungen auf verschiedenen mehr oder minder vertrauenerweckenden Webseiten: Symbol der Mütterlichkeit, des Wissens und der Weisheit, der Ruhe und Gelassenheit – ich bin raus.

Zur Esche habe ich keinen Bezug. Ich würde sie nicht mal auf Anhieb erkennen.

Mit der Hainbuche geht es mir ähnlich. Von Arthur, dem das Wäldchen gehört, habe ich gelernt, dass sie ein Birkengewächs ist. Ihre Stämme sind rissig, ihre Blätter eher gezackt im Vergleich zu Buchenblättern. Okay.

Kiefern riechen gut. Im Sommer nach Urlaub, nach Pinien am Meer. Doch wie war das mit der Waldbrandgefahr in Zeiten des Klimawandels? „Ohne Kiefern wären Brandenburger Wälder sicherer", titelt der *Tagesspiegel*. Ich bin ohnehin nicht der Nadelbaumtyp.

Die Ulme vielleicht? Mit ihren asymmetrischen Blättern? „Asymmetrisch" gefällt mir. Gedenkbaum und Gerichtsbaum war sie. Aber auch hier fehlt mir der Bezug. Bis vor kurzem verwechselte ich die Blätter noch mit denen der Buche (und Hainbuche).

Nun denn, der für mich erst einmal schwierigste Baum zum Schluss: die Eiche.

Bis zu tausend Jahre alt kann sie werden. Nicht wie eine Birke, die ihrerseits womöglich schon das Zeitliche segnet, wenn ich selbst noch frische Asche bin. Kein Wunder, dass die Eiche als Symbol für die Ewigkeit gilt. Im 18. Jahrhundert avancierte sie zum deutschen Wappenbaum und stand für Freiheitsliebe, Stolz, Kraft und Stärke. Leider bedienten sich dann auch die Nationalsozialisten dieses Bildes. Der Baum sollte auch die „feste Verwurzlung" des deutschen Volkes zeigen.

Und so war die Eiche für mich bisher immer negativ besetzt, hatte den Beiklang von Nazis, Krieg, Größenwahn. Auch wenn der „Eichenkult" nach dem Zweiten Weltkrieg nachließ, so findet man ja sogar heute noch, vor allem auf dem Lande, ein Wirtshaus „Zur Eiche" oder gar einen Gasthof „Zur Deutschen Eiche" – Stätten, um die ich lieber einen Bogen mache.

Dafür kann der Baum nichts, keine Frage. Und je mehr ich über ihn las, desto sympathischer wurde er mir. Die Eiche steht fest und tief verwurzelt, ist standhaft und unverrückbar. Dabei eher starr, unflexibel. Damit konnte ich mich gut identifizieren: bodenständig, zuverlässig, aber eben auch starr(-köpfig).

In unserem Garten steht eine große, alte Roteiche. Sie sieht nicht nur schön aus, sie wirft im Herbst, recht früh, auch gigantische Blätter ab, die größten mehr als zwanzig Zentimeter lang. Nicht abgerundet wie bei anderen Eichen, sondern spitz zulaufend. Die sich hervorragend wegrechen lassen, nicht so wie Linde & Co., die gern im feuchten Gras kleben bleiben. Zugegeben, die Roteiche wird nicht so alt wie andere Eichenarten. Ich finde sie cool. Der etwas andere Bruder der „normalen" Eiche, der sich trotzig sagt: *Was soll ich mit gefälligen Blättchen? Ich muss niemandem gefallen!*

Nun muss ich in unserer geselligen Runde mit Arthur die entscheidende Frage klären: Gibt es im Friedwald auch Roteichen?

Seine Antwort lautet: „Ja, aber die haben wir relativ frisch gepflanzt."

„Das macht doch nichts?"

Arthur lächelt verschmitzt und ergänzt: „Da musst du noch etwas abwarten."

„Das hatte ich vor", entgegne ich. „Wenn es nach mir geht, warte ich gern noch ein paar Jahrzehnte."

Ich hebe mein Glas: auf die kleine Eiche, aufs Leben.

*

Was man im Februar nicht tun sollte

Ob es nur mir so geht? Ich sehne den Frühling herbei, doch als der Schnee taut und ich einen Blick ins Beet wage, trifft mich der Schlag. Ich spreche von dem Teil des Gartens, in dem die Kräuter und ein paar Blumen, Sträucher, etwas Schilf stehen. Auf der anderen Seite, beim Gemüse, hatte ich im Herbst fast ordentlich gejätet und tonnenweise Laub draufgeschüttet – das ist nun einfach eine laubige Fläche. Abgesehen von dem Teil mit dem Rasenschnitt, wo schon wieder allerlei Halme zum Vorschein kommen.

Überall Vermoosung, auch, aber damit habe ich mich arrangiert. Es regnet ohne Unterlass. Moos auf Ästen und Zweigen, auf der Blumenkübelerde, in den Fugen, auf dem Terrassenmäuerchen.

Zu den Kräutern: Man sollte im Februar nicht unvorbereitet ins Beet gucken. Dahin, wo kurz zuvor noch eine Schneeschicht alles hübsch zudeckte, unschuldiges Weiß.

Jetzt ist alles braun und wild, aber nicht positiv, eher vernachlässigt.

Die Laubschicht, fleißig von unseren Linden abgeworfen, ist nicht schön, aber war zumindest Frostschutz für die Insekten,

Würmer, Schnecken. Mein kleiner Pfad aus alten Ziegeln ist kaum noch erkennbar unter den Blättern und Samenkügelchen. Alles ist recht matschig.

Grüne Tupfer im Braun: Gras. Gewöhnliches Gras und merkwürdig langes, rankendes: Quecke. Das kommt alles schon wieder, also genau das, was ich nicht im Beet haben will.

Die Pflanzen, die ich nicht schon im Herbst zurückgeschnitten hatte, weil sie nicht dran waren oder ich es nicht besser wusste, stehen traurig herum: Stamm-, Ast-, Zweig- und Blattbraun im Modderbraun. Der kahle Japanische Ahorn, der Pfingstrosenstrauch, die Hortensien, Minze, Borretsch, Kosmeen, Sonnenhut, Fetthenne. Unbekanntes und Vergessenes. Zum Teil noch geschmückt von lange welken Blüten.

Und ich habe keine Ahnung, ob ich da nun aufräumen soll. Wenn der Frost noch mal kommt … Oder wenn es einfach weiterregnet, das wäre doch nicht gut für frisch Beschnittenes? Fault das dann nicht? Ich will auch nicht auf die Tiere treten, deren Frühlingswecker noch nicht geklingelt hat und die da noch in der Erde oder unterm Laub schlummern. Und war da nicht irgendwo, also gerade nur unterirdisch, der Liebstöckel?

Zuallererst könnte ich den Zaun richten, nehme ich mir vor, der ist flexibel und steht inzwischen ganz schön schräg. Herausforderung: Das mistige Rankgras ist mittlerweile so mit dem Zaun verwachsen, dass ich ihn nicht mehr bewegen kann. Also ran an die welke Zaunwinde und die Quecke.

Und dann freue ich mich doch: Da treibt ja schon ganz viel, nicht bloß Gras, man muss nur nah genug herangehen, und ich glaube, ich brauche eine neue Brille.

Und während ich am Zaun herumkrauche, fallen mir tolle

Film- und Liedtitel ein, von anspruchsvoll – „Drei Farben Braun" – bis zweifelhaft – „Schwarzbraun welkt der Sonnenhut".

Als ich mich kurz aufrichte, weil mein Rücken wehtut, stelle ich fest, wie akkurat in einer Reihe die Maulwurfshügel das Kräuterbeet säumen. Mir kommt sogleich noch ein Filmtitel in den Sinn, den ich zwar ad hoc gar nicht mit Inhalt füllen kann, der aber ein lustiges Bild in meinen Kopf zaubert: „Maulwurf am Saatband." Von wegen braun, ich mach mir die Welt einfach bunt.

*

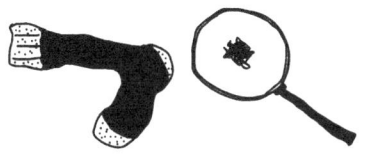

Von Wanzen und vom Altwerden

Wie ich merkte, dass ich bald beim Augenarzt oder Optiker vorstellig werden sollte? Das hatte mit Wanzen zu tun.

An die Kiefernwanzen, die sich hier im Haus, fast ausschließlich im Schlafzimmer, herumtreiben, habe ich mich gewöhnt. Ich möchte fast von friedlicher Koexistenz sprechen. Es gibt Ausnahmesituationen, zum Beispiel wenn es sich ein Tier in der Ohrmuschel meines Kopfhörers gemütlich macht.

Neulich wollte ich abends ganz leise sein. Ich hatte noch etwas im Bett gelesen, Marc atmete neben mir schon regelmäßig. Nur noch das Licht ausmachen. Doch da saß ein Vieh auf dem Kabel meiner Nachttischlampe, keine Kiefernwanze, aber sicher eine Wanze. Groß, platt, schwarzgrau, der Panzer voller winziger Knubbel, die aussahen wie Dornen. Ich schrie auf, ganz kurz nur, dann schnappte ich mir das Insekt mithilfe von Glas und Postkarte und warf es aus dem Fenster. Marc war wach und genervt. Ich beharrte darauf, ein fremdes und besonders ekliges Exemplar gefunden zu haben, mein Schrei war unbedingt berechtigt.

Am nächsten Tag ergab das Googeln, dass das wohl eine Stinkwanze gewesen war. Ich fühle mich gleich etwas wohler, wenn ich das, was sich da herumtreibt, wenigstens bestimmen kann.

Ich lege mich mittags gern eine Stunde hin, Lesen und Dösen. Als ich das Schlafzimmer betrat, sprang mich das ovale, schwarze Etwas geradezu an, zum Glück nur im übertragenen Sinn, es saß auf dem Laminat, ich meinte, es hätte sich bewegt.

„Mann!", rief ich, „hier ist so ein Ding, guck's dir an! Ne Stinkwanze! Igitt!"

Marc kam zu mir herübergeschlendert und blickte mir über die Schulter.

„Wo denn?", wollte er wissen, dabei war das doch eindeutig.

„Na, da", ich ging etwas in die Hocke, um mutig aus der Nähe auf die Wanze zu weisen.

Marc hockte sich ebenfalls hin, stand wieder auf und schüttelte milde lächelnd den Kopf.

„Das ist keine Wanze, das ist ein Sockenfussel. Du solltest wirklich dringend mal zum Augenarzt gehen!"

*

Shoppen und Cruisen

Der Wald ist dunkel und die Piste voller Buckel und Löcher. Mehr als Tempo 20 geht nicht. Die Landstraße ist immer noch wegen der Dauerbaustelle gesperrt. Ich habe einen Arzttermin und wollte die großzügige Zwanzig-Kilometer-mehr-Umleitung meiden. Die holprige Abkürzung kenne ich schon, die ist aber derzeit auch gesperrt. Also Plan C, Geheimtipp der Nachbarn. Offenbar nicht mehr ganz so geheim, so ausgefahren, wie der Waldweg ist.

Nach einer gefühlten Ewigkeit breche ich aus dem Unterholz auf die Dorfstraße, rolle auf den Parkplatz. Erst mal eine rauchen, meine schwitzigen Hände zittern. Fester Vorsatz: Zurück fahre ich die zwanzig Kilometer mehr.

Der Arzt sitzt am Rezeptionstresen und sagt mir, seine Sprechstundenhilfe sei krank und der Termin müsse ausfallen. Wir plaudern kurz über die Baustellen- und Umgehungssituation. Der Waldweg ließe sich doch prima fahren, meint er. Er besitzt allerdings einen Geländewagen, ich habe ein kleines E-Auto.

Ich gehe noch einkaufen, wenn ich schon mal hier bin. Und dann beschließe ich: Ich hab doch Zeit, blöde Buckelpiste, dir zeig ich's. Ich fahre ganz gemütlich. Ein Hase hoppelt über den

Weg. Dann kommt ein kurzer Abschnitt durch Felder. Auf einem Zaunpfahl sitzt ein großer Raubvogel mit einem mächtigen Schnabel. Ein Habicht? Ich bremse, weil ich so fasziniert bin. Da fliegt er natürlich davon. Kurz darauf hüpft eine Bachstelze übers Geröll.

In Sachen Effizienz ist eine Stadt wie Berlin uns natürlich weit voraus. Kurz aufs Rad schwingen, Arzttermin, der nicht ausfällt, wenn eine Mitarbeiterin krank ist, noch flott einkaufen und zurück nach Hause radeln.

Macht aber nichts. Ich habe gelernt, meine Unternehmungen hier als Abenteuer zu begreifen. Entschleunigend. Immerhin ist der Plan-C-Weg jetzt kein Angstgegner mehr für mich. Und wann sieht man schon mal solche Tiere aus der Nähe?

Abenteuerlich, das heißt erkenntnis- und erlebnisreich, war zum Beispiel auch der Versuch, einen „Paketshop" zu finden. Man verpasst ja doch mal den Postmann und meint, die Sendung könnte nicht warten. Hier gilt es, offen zu sein für ungewöhnliche Konzepte. Dass Gemischtwarenläden auf dem Land beliebt sind, war mir schon aufgefallen, aber die besonderen Kombinationen von Angeboten erschlossen sich mir erst nach und nach.

So gibt es einen Kiosk im Nachbarort, in dem man seine Post loswerden kann. Beim ersten Eintreten schrak ich kurz zurück, leicht überwältigt vom Angebot verschiedenster Waren – Tabak, Lotto, Postkarten, Zeitschriften und BHs. Schließlich gelang es mir, Tresen und Mitarbeiterin im Durcheinander zu entdecken. Fast hatte ich bei all den Eindrücken und Einkaufsmöglichkeiten vergessen, was ich im Laden wollte.

In der anderen Richtung, in der nächsten Kleinstadt, kann man bei der Paketabgabe oder -abholung keine Unterwäsche kaufen. Stattdessen aber Ziegel, Mörtel, Stahl oder Holz, denn in erster Linie beinhaltet das unscheinbare Haus einen Baustoffhandel. Pflanzen gibt es auch. Postfiliale und Minibaumarkt. Darauf muss man erst mal kommen.

Genau genommen ist das Effizienzding ja eine Frage des Zusammendenkens verschiedener Bedarfe. In Berlin wusste ich: Will ich ein Paket wegbringen, Zigaretten kaufen, eine schöne Geburtstagskarte und mein Lieblingsbier, kann ich all das auf einen Schlag in Späti XY erledigen. Und jetzt, da ich beginne, mich hier infrastrukturlich auszukennen, kann ich mir sagen: Ich will ein Päckchen wegbringen und brauche Stopfgarn, also fahre ich zum vietnamesischen Kramsladen in der Kleinstadt. Ich brauche Briefmarken und Beton, also suche ich den Baustoffhandel auf. Und so fort. Läuft.

Ein Nebeneffekt unserer bunten, aber zugegebenermaßen auch lückenhaften Infrastruktur: Wenn ich zu Besuch in der Stadt bin, weiß ich vieles deutlich mehr wertzuschätzen, was früher selbstverständlich, immer und schnell verfügbar war – was ich aber nicht täglich brauche. Die Auswahl zu haben, ob Currywurst, Pad Thai oder bretonische Galettes oder, oder. Das Shoppen neuer Jeans, mit Anprobieren, ganz offline. Dass es überhaupt Geschäfte gibt mit Hosen in meiner Länge.

Wenn ich dann zurück in unserem Dorf bin, ist es gut, dass all der Trubel wieder weit weg ist, und ich lege schon mal eine Einkaufsliste für den nächsten Stadtbesuch an.

Einstweilen freue ich mich auf weitere Entdeckungstouren. Eine Nachbarin machte mich zum Beispiel kürzlich darauf aufmerksam, dass sich in einer benachbarten Gemeinde Wiedehopfe angesiedelt hätten. Wir nehmen uns vor, demnächst zusammen dorthin zu fahren und Ausschau nach dem beeindruckenden und selten zu beobachtenden Vogel zu halten. Cruisen und gucken, wir haben Zeit.

*

Faul und flauschig

Im Mai letzten Jahres begannen unsere elf Hühner, in großem Stil Eier zu legen. Da fanden wir nicht mehr nur drei bis fünf Eier pro Tag im Stall, nein, auf einmal waren es konstant neun bis zehn.

Es gab dann sehr viel Rührei, es gab Sachertorte und Pfannkuchen. Aber wir merkten schnell, dass wir gegen diese Menge allein nicht mehr anessen konnten. Wir freuten uns, ab sofort im Dorf Eier verkaufen zu können. Und die Nachfrage war groß: Fast täglich standen Nachbarn bei uns vor der Tür oder im Garten mit leeren Kartons in den Händen, manchmal auch ohne, wir konnten aushelfen, noch hatten wir genug Verpackungen.

Die Hühnerkasse klingelte, Marc berechnete, dass sich das Hühnerhalten bald rentiert haben müsste, die Einnahmen durch den Eierverkauf die Ausgaben für Futter und Streu in kurzer Zeit übertreffen sollten.

Da Marc ein Sparfuchs ist, bestellte er gleich tausend Eierkartons. Und ich musste an Loriots *Papa ante portas* denken.

Ein paar Wochen durften wir uns wie die Eier-Tycoons fühlen. Dann kam der Leistungseinbruch.

Ohne erkennbaren Anlass waren es ab sofort genau null Eier

pro Tag. Weitere Wochen später gab es ab und zu eins. Was wir uns nicht erklären konnten, die Nachbarn auch nicht so richtig. Wetterumschwünge hatte es doch vorher schon gegeben. Die Mauser erschien uns noch am plausibelsten, denn die Damen mauserten gerade sehr und das sehr lange.

Ende Juni schlich ich also im Supermarkt zum Eierregal und kaufte nach langer Zeit wieder einen Zehnerpack, natürlich Bio und Bodenhaltung. Ein Eingeständnis des Versagens: Wir sind die, bei denen die Hühner noch nicht mal Eier legen. Dabei hatten wir es sogar mit extra „Legefutter" versucht.

Ich hoffte, dass mich niemand aus dem Dorf ertappen würde und fühlte mich wie der Typ in der Kondomwerbung aus den Achtzigern; es hätte bloß gefehlt, dass an der Kasse Hella von Sinnen gesessen und durch den ganzen Laden geschrien hätte: „Tiiina, wat kosten die Bioeier?"

Die Hühnerkasse staubte ein.

Marc sprach schon wieder drohend vom Schlachten, von Suppe und Frikassee.

„Das wird schon wieder", versuchte ich, ihn von solcherlei Szenarien abzubringen.

Schließlich hatte ich die elf Hennen und den Hahn schon lange liebgewonnen. Sie sind lustig, süß und sehr verfressen, und sie machen nur wenig Arbeit.

Beim Futter sind sie genügsam. Ist uns mal der Weizen ausgegangen, nehmen sie auch Schafspellets.

Ich gebe ihnen täglich zusätzlich vor allem Grünzeug – und vielleicht haben die manchmal gar keine Lust, im Stall zu brüten, wenn es draußen immer so interessante Snacks gibt. Giersch,

Franzosenkraut und Minze, Gras, Möhre, Apfel, Salatblätter, Grünschnitt und Laub, im Winter vor allem Löwenzahn und Gänseblümchenblüten. Ab und zu auch Reste von Reis, Nudeln, Kartoffeln oder Toast, manches in Milch eingeweicht, wegen des Calziums, manches mit feingemahlener Eierschale garniert, wegen der Proteine.

Marc meint, ich übertreibe.

„Und die sind sowieso zu dick", grummelte er in diesen eilosen Wochen.

Er grummelte so laut, dass Christo hinterm Zaun den Kopf hob und streng entgegnete: „Hühner sind nicht dick. Die sind *flauschig*."

Punkt. Danke, Nachbar!

Die Hühner gehören einfach inzwischen dazu. Wenn ich im Garten unterwegs bin, folgen sie mir, soweit möglich am Zaun entlang, in ihrem Gehege. Wenn ich im Gras knie, um Raupenleim auf einen Baumstamm aufzutragen und mich umdrehe, schaue ich in zwölf Paar Augen, die mich bei der Arbeit beobachten. Betrete ich den Auslauf, springen sie an mir hoch und hüpfen auf meinen Arm, um besser an die Futterschale zu kommen.

Ich bilde mir sogar ein, dass ich schon ganz gut am Gackern erkenne, wie es ihnen geht. Ob sie zum Beispiel fordernd rufen, genervt sind voneinander oder ob eines gelegten Eis jubilieren. Noch nicht „Wetten, dass..?"-reif, aber das wird noch.

Es war bereits September, als die Damen sich wieder bequemten, Eier zu legen. Eins bis maximal drei täglich, ein Anfang. Vielleicht hatten sie Marc die Axt schwingen sehen.

Und dann geschah im Februar ein kleines Wunder: Marc stellte die von mir lang ersehnte automatische Hühnerklappe fertig.

Das Einzige, was mich bis dahin an den Hühnern gestört hatte, war das frühe Aufstehen. Nicht, dass wir immer pünktlich zum Sonnenaufgang die Klappe geöffnet hätten, vor allem im Sommer, aber wir wollten die Tiere auch nicht stundenlang weiter im Stall einsperren, wo sie doch nach draußen wollen, sobald es hell wird.

Marc hatte lange gebastelt und getestet. Ich gebe zu, ich war skeptisch und hatte irgendwann die Hoffnung aufgegeben. Doch im Grunde bin ich voller Hochachtung dafür, dass er sich so etwas selbst ausdenkt und so lange dran herum baut, bis es funktioniert.

Endlich war es soweit! Wir könnten jetzt theoretisch länger schlafen, was wir selten machen, man hat ja seinen Rhythmus. Aber wir könnten!

Um die Automatik überwachen zu können, installierte Marc im Hühnerstall eine Kamera. Auf der von ihm eingerichteten Website „ChicksCam" können wir prüfen, ob die Klappe sich geschlossen respektive geöffnet hat, und das Treiben im Stall beobachten. So ertappen wir uns öfter abends vor dem Fernseher dabei, wie wir doch noch mal schnell auf dem Handy durchzählen, ob alle Hühner im Stall sind und wer dort neben wem sitzt …

Die etwa neunhundertachtzig Eierkartons warten derweil im Hauswirtschaftsraum geduldig auf ihren Einsatz. Die Hochleistungsphase kehrt gewiss zurück, auch wenn sie wieder nur ein paar Wochen währen wird.

Gehen wir davon aus, dass wir im Jahr zwanzig Kartons ausgeben, dann fließen, eine Lebenserwartung von achtzig Jahren angenommen, fünfhundert Verpackungen in unsere Erbmasse ein.

„Mein Name ist Lohse …", säusle ich Marc schon mal ins Ohr. Oder überlege, was man aus den Kartons basteln könnte. Kleine Schildkröten, wie auf einschlägigen Bastelseiten empfohlen wird? Sehr viele kleine Pappschildkröten.

*

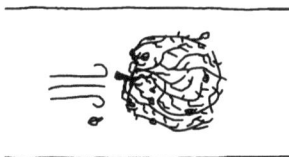

Die Einöde grüßt schön zurück!

Es gibt seltsame Festtagsgrüße, ob zu Ostern, zum Geburtstag, zu Weihnachten, zum neuen Jahr. Und ich meine damit nicht die geteilten, weitergeleiteten „lustigen" Bilder, GIFs, Videos.

Mich erreichte anlässlich meines Geburtstags die WhatsApp-Nachricht einer Bekannten aus Berlin. Wir hatten kaum noch Kontakt, immer mal die kurzen Grüße zu besonderen Anlässen. Zwischen den Glückwünschen und Grußworten schrieb die Bekannte: „Ich hoffe, euch geht es nach wie vor gut in der Einöde."

Ich las noch mal, vielleicht hatte ich mich verlesen, nö, so stand das da. Dann begann ich, mich zu ärgern. Das war doch herablassend. Da muss man sich viel zusammenkonstruieren, damit es nicht herablassend wäre – zum Beispiel, wenn ich der Schreibenden selbst die Vorlage gegeben, schon einmal etwas in Richtung „die Einöde grüßt" geschrieben hätte. Ich scrollte durch unseren „Verlauf", fand aber nichts in der Hinsicht. Das hätte mich auch gewundert.

Ich schreibe selbst schon mal etwas wie „Grüße von jwd", natürlich nicht abwertend gemeint, schließlich lebe ich hier. Von Berlin aus betrachtet, und daher kommt die Bezeichnung „jwd", sind wir hier nun mal janz weit draußen, Fakt. Nicht positiv, nicht negativ, einfach bloß eine Tatsache. Der *Duden* ist da auf meiner Seite: „weit außerhalb [und nicht einfach, nicht ohne großen Zeitaufwand zu erreichen]". Über das „nicht einfach" könnte man natürlich streiten, ich finde das mit der Regionalbahn recht komfortabel, aber darum geht es hier nicht.

Das ist so ein Stadt-Land-Ding, auf das ich gar keine Lust habe. Selbst der eine Freund, der als eingefleischter Stadtmensch nahezu geschockt war, dass wir aufs Land zogen, besuchte uns schon mit seiner Familie. Interesse, zumindest mal gucken, wie das Leben hier so ist, auch wenn man nicht tauschen möchte – klasse. Die Grußbotschaftenbekannte hingegen sehe ich in ihrer Stadtblase sitzen, mit dem Klischee im Kopf, dass es hier draußen nichts gibt, keine Kultur, keine Restaurants oder Cafés, Ärzte sowieso nicht, nur über staubige Dorfstraßen treibende Büsche (ich weiß, das sind keine „Büsche", das ist eine Raffinesse der Natur namens Chamaechorie, das am Rande). Womit sie wiederum das Klischee befeuert, das auf dem Land zum Teil noch besteht, das vom Städter, der auf Landmenschen herabschaut und sich die manikürten Pfoten nicht schmutzig macht. Der kein Kaminfeuer anbekäme und Brennnesseln nicht von Taubnesseln unterscheiden kann. Huch, Letzteres war ich selbst, aber hej, das ist schon ein Jahr her.

Unstrittig: „Einöde" ist negativ besetzt. Sagt ja schon das „-öde". Dabei hatte der Begriff ursprünglich nichts mit unserem heutigen „öde" zu tun. Beide Wörter haben eine unterschiedliche Herkunft, werden aber schon lange zusammengedacht. Das erklärt auch, warum das Wörterbuch meines Vertrauens die Einöde beschreibt als „einsame, menschenleere, meist öde und eintönig wirkende Gegend".

„Einsam" und „menschenleer", dem kann ich durchaus Positives abgewinnen, aber „meist öde" und „eintönig wirkend" empfinde ich als beleidigend für die Prignitz, auch wenn ich selbst erst seit noch nicht mal anderthalb Jahren hier lebe.

Was man sonst sagen könnte, um die „Einöde" zu beschreiben? Hier nennt das Wörterbuch neben der eher neutralen „Abgeschiedenheit" auch Begriffe wie „Ödland", „Wildnis" und „Wüste". Dann noch, als umgangssprachlich und eher scherzhaft angegeben: „in der Pampa". Das fände ich wiederum cool, unseren Landstrich mit den argentinischen Weiten zu vergleichen, definitiv keine Beleidigung. Der Knaller aber, vermerkt als „derb": „am Arsch der Welt". Noch Fragen?

Der Bekannten schrieb ich kurz zurück, dass wir uns weiterhin sehr wohlfühlten in der schönen Prignitz.

Warum rege ich mich überhaupt auf?

*

Die Visitenkarte des Grauens

Erklär mir mal jemand, warum es Vorgärten gibt.

Wenn man das googelt, stößt man vor allem auf das Adjektiv „repräsentativ", seltener auf so etwas wie „freundlich" oder „einladend".

Unser Vorgarten ist weder freundlich noch einladend, repräsentativ schon gar nicht. Was auch an uns liegt: Da wir diesen Streifen zwischen Straße und Haus nicht nutzen, vergessen wir ihn oft, zum Beispiel das Gießen von Kasten- und Kübelpflanzen, zum Beispiel das Beschneiden des Efeus, das recht malerisch Richtung Eingangstür und Wohnzimmerfenster wuchert.

Eine Einrichtungszeitschrift nennt den Vorgarten die Visitenkarte des Hauses. In unserem Fall stelle ich mir ein leicht fleckiges, schon eingerissenes und geknicktes Stück dünnen Kartons vor, auf dem dann wohl steht: „Hier leben unordentliche, schmuddelige, faule und unfähige Menschen. Willkommen!"

Ich beneide Christo, bei dem eine hohe Hecke, die angenehm wild und kein bisschen spießig wirkt, das Grundstück begrenzt. Durch ein hölzernes Tor fällt man gleich in seinen verwunschenen Garten, ganz vorgartenlos.

Wir hingegen sind mit diesem Stück Land gesegnet, das wir

in keinster Weise brauchen. Selbst die zwei Meter bis zum Briefkasten müssen wir nur selten zurücklegen, da der Postbote meistens klingelt.

Also haben bloß die Nachbarn und Touristen was zu gucken. Mit einer soliden Hecke gäbe es zumindest einen Sichtschutz. Bei uns wurde ein Stück Buchenhecke gepflanzt, die leider nur ein Zehntel der Front vor Blicken schützt. Waren die Heckenbuchen dann ausverkauft? Wurde das Projekt vergessen?

Stattdessen mickern da verschiedene andere Sträucher vor sich hin, zwischen der obligatorischen Tuja und dem ebenso beliebten Ilex. Zum Beispiel ein Liebesperlenstrauch, Callicarpa bodinieri, der bei unserem Einzug mit unzähligen violetten Beeren ein richtiger Hingucker war, inzwischen nicht mehr. Er scheint sich selbst in Richtung Bonsai zu verzwergen. Allein die Forsythie gedeiht; ich bin froh, dass wir sie haben, zeigt sie doch mit ihren Blüten an, wann es Zeit für den Rosenschnitt ist.

Es fing schon schlecht an, nämlich mit dem Rhododendron am Zaun. Bei unserem Einzug hingen an dem knorrigen Gehölz noch drei braune Blätter, die ich gleich forsch abschnitt, einschließlich anscheinend toter Zweige. Danach las ich, dass man Rhododendren überhaupt nicht beschneiden soll. Hatte ich ihn auf dem Gewissen oder war er schon tot gewesen? Da sprießte gar nichts mehr. Schließlich wollte ich das Totholz ausgraben. Als ich aber die Schaufel ansetzte, kamen mir gleich sehr viele, wahrscheinlich wütende Ameisen entgegen. Bei näherer Betrachtung nutzten sie den Stumpf mittlerweile offenbar als Eingang zu ihrem Nest – so steht er nun also weiterhin herum, als Mahnmal und Ameisenbau-Entrée.

Anfangs kniete ich noch öfter vorn im Gras, ganz optimistisch. Ich pflanzte allerlei im Beet an der Hauswand, was entweder gleich wieder einging oder vor sich hin kümmerte. Ich bepflanzte die Balkonkästen rechts und links der Haustür mit Primeln, die zum Teil erfroren, zum Teil von Vögeln oder Wühlmäusen zerfressen wurden. Ich versuchte, den Kampf aufzunehmen mit Schöllkraut, Andorn und Löwenzahn, die sich gegen das Gras durchgesetzt hatten. Ich jätete Unkraut in den Fugen des gepflasterten Weges vom Tor zur Haustür. Ich grub, froh über meine Rosenhandschuhe, zahlreiche Robinientriebe aus, zumindest dieser Baum scheint gern bei uns zu wachsen, aber einer reicht.

Und immer, wenn ich da vorn etwas mache, höre ich Schulzens Gänse schräg gegenüber – schnatterschatter – und fühle mich leicht verspottet.

Ich versuchte es mit einer Rose, mit Katzenminze und Windenaussaat am Zaun zum Garten, doch ich stieß nach ein paar Zentimetern Graben auf ein altes Fundament, sodass dort einfach nichts anwachsen will.

Im frühen letzten Herbst kaufte ich Chrysanthemen, die teuer waren und nach einer regenreichen Woche einfach vermoderten. Etwa zur selben Zeit pflanzte ich zwei kleine, verblühte Hortensien neben den Rhododendronstumpf. Und siehe da, sie schienen sich wohlzufühlen: Während alle älteren Hortensien im Garten unseren ersten Sommer blütenfrei begleiteten, zeigten die kleinen Supermarktpflanzen bald neue Knospen. Kurz frohlockte ich, dann kam der Frost, und zurück blieben zwei matschige braune Haufen.

Aber es gab und gibt auch kleine Erfolge, die mich umso mehr freuen.

Im letzten Juni bemerkte ich, etwas spät, dass sich neben unserer Haustür ein beeindruckender Fingerhut erhoben hatte. Strenggenommen war das kein Erfolg, denn ich hatte nichts beigetragen. Egal, ich war begeistert, denn ich hatte gehört, dass der Fingerhut Jahre im Boden schlummern kann und nur hervorkommt, wenn die Lichtverhältnisse optimal sind – faszinierend. Nun bewachte also die hohe, weißblühende Digitalis unseren Eingang. Ob das ein freundliches, einladendes Zeichen an Besucher ist, ich weiß es nicht. Ein paar Wochen später gesellte sich ein weiterer Fingerhut dazu.

Was auch geht im Vorgarten: Zwiebelpflanzen. Der erste Frühling war eine wunderbare Überraschung mit all den Tulpen, Krokussen, Hyazinthen und winzigen Blausternen, die sich auf einmal zeigten. Die einzige Hyazinthe, die ich selbst gepflanzt hatte, wurde ganz schnell Opfer einer Wühlmaus.

Veilchen halten sich auch tapfer in den Kästen auf den Fensterbänken. Sie sind nicht so teuer wie die ohnehin zweifelhaften Chrysanthemen, dafür genügsam und ausdauernd.

Und dann sind da noch die Astern, die sich nach Marcs Affront mit dem Kantenschneider wieder aus dem Boden trauten, ergänzt um weitere Exemplare. Sie machen was her mit ihren blauvioletten Blüten – leider nur im Herbst.

Gerade schaue ich raus, vom Schreibtisch aus, was ich doch ganz gern mache. Auch wenn da draußen nichts passiert. Manchmal vielleicht gerade deshalb. Oschi streunt schnüffelnd am Zaun entlang, Blätter segeln im Wind. Aber wenn doch mal was Wichtiges oder Interessantes geschehen sollte – ich würde es nicht verpassen.

Schön sieht es da vorn, zwischen Fenster und Zaun, nach wie vor nicht aus, aber ich sage mir: Die Nachbarn kennen uns inzwischen, die wissen, dass wir nicht ganz so sind wie unser Vorgarten.

Alles in allem muss ich wohl einsehen: Licht und Boden sind nicht optimal. Zwischen den Pflanzen und der schönsten Sonne steht halt unser Haus. Machen wir das Beste draus. Vielleicht kommt die Taubnessel wieder.

Ich schaue auf die frisch gepflanzten Primeln, noch leuchten sie in Rot und Gelb, flankiert von weißen Stielprimeln und neuen Hyazinthen. Ich kann es doch nicht lassen. Schnatterschnatter.

*

Jorge hängt in der Luft

Jorge hat sich aufgehängt. Ich höre, wie er im Flur eine Fehlermeldung absondert, immer wieder. Jorge ist unser sprechender Saugroboter.

Weil wir beide nicht gern putzen und Marc noch dazu offen für technische Innovationen ist, lässt er sich zum leidigen Thema immer mal wieder etwas einfallen.

Zunächst fand ein sogenannter Saugwischer Einzug in unser Haus.

„Geht viel schneller als mit deinem ollen Schrubber und Lappen", rief Marc und saugwischte gleich los.

Ich blieb beim Schrubber. Schnell wurde klar, dass die Arbeit mit dem neuen Gerät zwar schneller vonstattengeht, man die gesparte Zeit im Anschluss aber für das Reinigen diverser Einzelteile des Haushaltshelfers benötigt. Marc behauptet nach wie vor, das sei ein hilfreiches Ding, seltsamerweise steht es aber fast ausschließlich im Hauswirtschaftsraum herum und müsste selbst mal sauggewischt werden.

Als Nächstes bestellte Marc einen Saugroboter. Denn er hatte doch festgestellt, dass der Saugwischer in einem Haushalt mit langhaarigem Hund einen noch saugwischstärkeren Kumpel bräuchte. Stichworte Fellwechsel, Sandhaufen und Pfützen.

Der sprechende Saugroboter hört auf einen Namen. Ich schlug „Jorge" vor, bloß, um zu testen, ob das Ding das richtig aussprechen könnte. Kann es nicht. Dafür hätten wir als Sprache Spanisch einstellen müssen, gleich als zusätzliche kostenlose Sprachpraxis. Jorge spricht von sich selbst in der dritten Person, was an sich schon zweifelhaft ist, und das klingt wie eine nordische Variante von „Jürgen".

Die UFO-ähnliche Scheibe saugte und wischte sich fortan recht flott und vor allem ohne unser Zutun durchs Erdgeschoss, Otto beäugte sie misstrauisch, traute sich aber nicht ganz ran.

„Jorge kehrt zur Station zurück", meldete das Ding zum Beispiel oder „Jorge hat ein Hindernis erkannt". Was Marc natürlich alles per App sehen und steuern konnte, was ihm wiederum Freude machte. Wir wähnten uns auf dem Weg zum „intelligenten Zuhause".

Jetzt bräuchte ich bloß noch weitere solcher Wunderwaffen für andere nervige Sisyphos-Tätigkeiten. Ein Heinzelmännchen, das Staub wischt, wäre schön.

„Man nennt es ‚Putzfrau'", sagte Marc.

„Reinigungsfachkraft", korrigierte ich.

Haben wir nicht, ist hier in der Gegend schwer zu bekommen, ist uns auch zu teuer. Sind ja nicht bloß einmalige Anschaffungskosten. Also rede ich mir weiter ein, dass Staubwischen meditativ wirkt, also im Grunde eine bereichernde Achtsamkeitsübung darstellt. Klappt nur mäßig.

Im Garten geht die Automatisierung langsam voran, bezüglich der Bewässerung jedenfalls. Die Tomaten profitieren von einem Tröpfchensystem, vor dem Gemüse und vor den Kräutern steht jeweils eine „Spinne", die das Wasser mit geduldigen Schwenkbewegungen gleichmäßig verteilt. Und wenn ich mal wieder den Wasserhahn zu weit aufgedreht habe oder die „Spinne" etwas verstellt ist, wird gleich die Terrasse oder die zum Trocknen aufgehängte Wäsche mitgewässert.

Nun bräuchte ich noch etwas, das ich ins Beet setzen kann und das sich ganz allein dem Unkraut widmet. Wird bestimmt schon erforscht. Aber dann fallen mir die ganzen Larven, die Schnecken, Würmer, Käfer und Spinnen ein. So ein Helferlein im Beet würde, wie ein Mähroboter, bestimmt keine Rücksicht auf die Kleintiere nehmen. Okay, dann zupfe ich halt selbst weiter.

Auch wenn Marc gern behauptet: „Das bringt doch sowieso nichts, das kommt doch alles wieder."

Vielleicht sollte lieber jemand einen Motivationsroboter erfinden.

Oder wie wäre es – wo das doch nicht so gut gelingt mit der Aufmerksamkeit und Bewusstheit am „Staubwunder"-Puschel –, wenn ich etwas nachlässiger, milder werden könnte gegenüber Unordnung und Schmutz und gleich auch gegenüber meiner eigenen Unlust und Trägheit? Einsehen, dass Giersch als Bodendecker hübsch ist und womöglich sogar gegen Erosion wirkt. Nur richtig putzen, wenn sich Besuch ankündigt, und nur über meiner eigenen Kopfhöhe, wenn größerer Besuch kommt.

Dieses Streben nach Perfektion bringt ja nichts. Was soll das überhaupt sein und wie soll das gehen? Perfektion ist langweilig, was nicht ganz stimmt, da es sie ja gar nicht gibt.

Womöglich brauchen wir kein smarteres Zuhause, sondern tolerantere Bewohner.

Ich mache das Küchenradio aus und verstehe endlich, was Jorge zum etwa hundertsten Mal mit blecherner Stimme vermeldet: „Räder haben keinen Kontakt zum Boden." Da muss ich doch mal um die Ecke schauen. Wie habe ich mir das vorzustellen, wie können die Räder eines Saugroboters den Bodenkontakt verlieren? Ich erwarte mindestens, dass Jorge zappelnd auf dem Rücken liegt, möglicherweise hat er ja sogar abgehoben. Nein, er steht vor dem Flurschrank. Marc greift ihn sich beherzt und meint: „Ist irgendein Bug, kann man nichts machen. Ich schicke den jetzt zurück und bestelle einen neuen, der hat dann auch noch mehr Wischleistung."

Da will ich mich nicht wehren. Ich will nur wissen: „Nennen wir den João?"

*

Alleinunterhalter

Mit Hund braucht man keinen Fernseher. Wenn Otto nicht gerade schläft, aber selbst dann macht er Geräusche, zuckt oder steht auf, guckt kurz mit leerem Blick durch uns hindurch, geht zwei Schritte, um sich wieder hinplumpsen zu lassen. Es wird nicht langweilig, so viel ist klar.

Manchmal unternehmen wir etwas, um seinen Horizont zu erweitern, dann ist der Unterhaltungswert vorprogrammiert, dann passiert etwas Neues, und wir sind gespannt, wie Otto reagiert. Strand und Meer oder einfach ein Kurzbesuch in der Fußgängerzone der nächsten Stadt. Oder ein winterlicher Ausflug zum Tierpark, bei Schnee und Sonnenschein.

Gut, im Tierpark sorgte zunächst ich für Unterhaltung, als ich mir von einer Ziege die ganze Futtertüte entreißen ließ und dabei noch mein Handschuh im Gehege landete. Während ich zwischen den Tieren herumstakste und nach dem Handschuh fischte, schnüffelte Otto an den etwa gleich großen und wie er dick befellten Paarhufern, die ihrerseits auch neugierig wirkten.

Es näherten sich insgesamt erstaunlich viele Tiere, vielleicht freuten sie sich über die Abwechslung; außer uns war bloß noch ein anderes Paar unterwegs.

Otto schnupperte sich durch den Park, er wirkte eher interessiert als aufgeregt.

Hirsch und Büffel reichten ihm von Weitem. Die Esel wollte er gern kennenlernen, und sie streckten ihre Zottelköpfe freundlich durch den Zaun. Große wechselseitige Sympathie schien es auch mit den Wildschweinen zu geben. Mehrere näherten sich, es wurde geschnuppert, dann steckte eine Wildsau den Rüssel durch den Zaun und knutschte mit Otto, so sah es zumindest aus, Rüssel an Schnauze. Hielt er sich jetzt für ein Wildschwein? War er verliebt? Nein, auf dem Rückweg wich er vor ihrem Gehege zurück, da schien es ihm zu reichen mit den vielen fremden Gerüchen.

Den Rest des Tages verschlief Otto, er musste wohl die ganzen Eindrücke verarbeiten. Oder träumte von der Wildsau.

Auch im Alltag bringt Otto uns zum Lachen und manchmal ins Grübeln, oft durch seine Tolpatschigkeit. Wenn er zum Beispiel bei der Gassirunde am Feld losläuft und dabei sein puscheliges Hinterteil schwingt, als strebe er eine Modelkarriere an und übte schon mal für den großen Auftritt auf dem Dogwalk.

Oder wenn er aus dem Stand umfällt, weil er versucht, sich am Hintern zu kratzen. Wenn er sich unterwegs hinsetzt, schwungvoll wieder aufsteht und sich dabei den Kopf an meinem Schienbein stößt, wobei er mir einen kurzen Blick zwischen Erschrecken und Empörung zuwirft: *Warum tust du mir weh?!?*

Und dann ist da noch seine merkwürdige Auswahl geeigneter Stellen fürs große Geschäft. Halb im Gebüsch mit von allen Seiten piekenden Ästen, naja, vielleicht geht es da um Privatsphäre. Sieht ja nicht schön aus, eher peinlich, diese Sitzhaltung mit abgesenktem Hintern. Gegen diese Theorie spricht, dass Otto eine besondere Vorliebe für einen bestimmten Stein im Schlosspark hat. Der liegt am Rande des Rasens, ist etwa vierzig Zentimeter hoch, lang und breit und somit nur bedingt geeignet, um vom großen Hund bestiegen zu werden. Otto braucht ein paar Anläufe, aber schließlich schafft er es auf dem Stein sogar in die besagte etwas unwürdige Haltung, um sein Geschäft zu erledigen. *Seht alle her, mir ist nix peinlich!* Ach, Hund …

Zugegebenermaßen sind wir durch unsere Nachlässigkeiten oft selbst schuld daran, dass Otto seine Entertainerqualitäten präsentieren kann.

Da war zum Beispiel die Sache mit dem Geburtstagsgeschenk für Marc. Ich stellte mir vor, einen Pfotenabdruck von Otto zu nehmen. Am besten so, dass ich den Abdruck ausschneiden, auf Leinwand kleben und ummalen könnte. Also kaufte ich rote Plakafarbe, ungiftig und abwaschbar, und lauerte auf den richtigen Moment. Als Marc zu einem längeren Baumarkteinkauf aufgebrochen war, legte ich in meinem Arbeitszimmer Zeitungspapier aus und darüber weiße Blätter. Ich lockte Otto mit einem Leckerli und brachte ihn dazu, eine Pfote anzuheben, die ich vorsichtig in den Teller mit der Farbe tunkte. Ich warf ein weiteres Leckerli aufs Papier, und der Hund marschierte los. Dabei hinterließ er unförmige rote Flecken auf Papier und Zeitung. Er drehte sich um, trottete durch den Flur und ins Wohnzimmer, gefolgt von roten Schlieren. Ich hatte nicht bedacht, dass Otto so viel Fell auch an den Pfoten hat, das war natürlich auch in die Farbe geraten und verschmierte die Abdrücke. Ich hatte dann viel zu wischen. Eine ganz blöde Idee.

Wofür Otto auch nichts konnte: für einen geruchlich besonders schwierigen Abend. Monate zuvor hatte ich Brennnesseljauche angesetzt gegen die Galbmilben im Holunder. Ich hatte sie nicht ganz verbraucht, aber vergessen, den Rest wegzuschütten. Was ich dann endlich tat. Ich hielt die Luft an und kippte das Zeug auf ein Stück Wiese am Rand. Ich schwöre, da liegt Otto nie. Aber an diesem Tag legte er sich genau dort ins Gras. Er stand gleich wieder auf, um sich einen Meter weiter hinzulegen, selbst ihm war der Mief wohl zu intensiv. Am Abend kam er zum Sofa und wollte kuscheln. Wir rissen die Fenster auf, wuschen uns die Hände und zogen uns um.

Ein anderes Mal werkelte ich auf der Terrasse, mir fiel ein Spülschwamm herunter, was ich nicht gleich bemerkte. Otto hingegen schon, der nutzte mein Missgeschick, schnappte sich flott den Schwamm, warf mir einen kurzen frechen Blick zu und rannte weg, die Beute in Sicherheit bringen. Er legte sich hin mit dem tollen neuen Spielzeug oder Leckerli, da schien er noch unschlüssig zu sein. Vorsichtig beknupperte er das Ding. Ich wollte die Terrasse fegen und dachte mir: Mal gucken, wie der Hund reagiert, wenn ich jetzt den Besen hole. Wenn er, wie sonst, auf diesen losstürmen würde, hätte ich eine Chance, mir den Schwamm zu greifen. Also kehrte ich mit dem Besen zurück. Otto guckte, der Konflikt im Hundekopf war ihm anzusehen: *Schwamm = neues Spielzeug, vielleicht sogar was zu essen. Besen = Superspielzeug. Was tun?* Ottos Lösung: Er schluckte einfach den Schwamm runter, *was ich hab, das hab ich,* um sich dann dem Besen zuwenden zu können. Auch wenn ich lachen musste, erschrak ich doch etwas, googelte und stellte zu meiner Erleichterung fest: Er ist nicht der einzige seiner Art, der sich

Spülschwämme einverleibt. Sollte sich innerhalb von vierund-zwanzig Stunden verdaut haben.

Ein Malheur anderer Art passierte ausgerechnet, als ich ein paar Tage mit Otto allein war. Ich habe keine Angst im Haus, auch wenn der Hund höchstens durch seine Größe und Masse Einbrecher abschrecken könnte.

An einem frühen Abend kam ich aus dem Bad und hörte Stimmen. Nicht in meinem Kopf, eher aus Richtung Wohnzimmer. Da wurde mir doch anders zumute. Einbrecher, die sich unter-hielten? Und wo war Otto? Ich huschte ins Bad zurück, auf der Suche nach einer geeigneten Waffe. Fand aber bloß eine Dose Gesichtsreinigungsschaum, sehr bedrohlich, egal, es musste schnell gehen. Ich schlich zur Wohnzimmertür, lugte um die Ecke, die Dose im Anschlag. Otto lag auf dem Sofa, allein. Der Fernseher lief. Kurz fragte ich mich, wo die Eindringlinge waren. Und warum Einbrecher den Fernseher anmachen und dann noch *Phoenix*. Das ergab keinen Sinn.

Gewöhnlich spanne ich einen großen Regenschirm auf dem Polster auf, damit Otto die Tabuzone nicht betritt, wenn er sich unbeobachtet fühlt.

„Runter vom Sofa, aber ganz flott!", rief ich streng und Otto gehorchte sogar umgehend. Da sah ich es: Das Früchtchen hatte sich auf die Fernbedienung gelegt. Ach Otto ... Ich stellte den Gesichtsreinigungsschaum zurück in den Badezimmerschrank, mit leicht zitternder Hand.

Es gibt Momente, da wäre ich für etwas Langeweile durch-aus dankbar.

*

Frage an die Natur: Sind Fliegen nützlich?

Es ist Frühling, Ende April, und dieses Jahr scheint die Natur einen Monat eher loszulegen. Der Flieder verblüht gerade, die Erdbeeren blühen. Die Johannisbeersträucher hängen voller Beeren.

Erst kam der Regen, dann noch mal Frost, nun sind es schlagartig fast dreißig Grad.

In den feuchten Wochen musste ich im Beet und auf der Terrasse aufpassen, keine Schnecke plattzutreten, mit und ohne Häuschen, groß, klein, getigert, orange oder braun. Es waren so viele, dass ich meinte, es wäre vergeblich, sie einzusammeln. Die Quittung sind sehr mickrige Pflanzen. Nun, nach dem Frost, bei hochsommerlichen Temperaturen, hoffe ich bösartig, dass die Sonne die schleimigen braunen und orangen Viecher verbrutzelt.

Die Mücken sind auch schon länger da, hatten sich wohl nur kurz vor der zurückgekehrten Kälte verkrochen, um nun zu meinen: *Jetzt aber! Volle Kraft voraus!*

Drinnen findet derweil eine Fliegeninvasion statt. Jede Größe ist vertreten. Ich bin erstaunt, wie groß und dick Fliegen sein können.

Plagegeister, allesamt.

Aber hat es die Natur nicht so eingerichtet, dass alles, was da wächst, ob Pflanze oder Tier, irgendeine Superheldenkraft hat, irgendwas kann? Die Bienchen bestäuben die Blüten, auf dass eine reiche Ernte stattfinden kann und Fortpflanzung. Der Ackerschachtelhalm hilft nicht nur bei Nieren- oder Blasenleiden. Auf Menschen übertragen kann man diese Nützlichkeitsannahme eher nicht.

Und Fliegen? Was können die, abgesehen davon, dass sie mit ihrem Gebrumme nerven, tot auf Fensterbänken liegen oder man sie beim Radfahren im Sommer leicht verschluckt? Oder dass sie in Krimis durch ihre schiere Anzahl in einem Treppenhaus und mächtiges Gebrumme hinter der nächsten Wohnungstür mahnen, doch mal beim Nachbarn nach dem Rechten zu schauen, nichts Gutes ahnend.

Die Gemeine Stubenfliege, weiß der NABU, bestäubt fleißig unter anderem Erdbeeren, Brombeeren und Lauchpflanzen. Dank Proteinen und Fett dient sie Vögeln als Nahrungsquelle. Auch die Larven, ob von Stuben- oder Schmeißfliege, können ganz viel, sind gut für Boden und Wasser und natürlich als Nahrung für Fische und Vögel. Die Ägypter verliehen einst kleine Fliegen-Orden an Soldaten, als Symbol für Hartnäckigkeit. Der Zweiflügler galt offenbar auch als Glücksbringer und wurde als Amulett mit sich geführt.

Na gut, verstanden. Eine Fliegenbrosche werde ich mir nicht anstecken, aber ich möchte gern weiter Beeren ernten und weiterhin kräftigen, sich ausbreitenden Schnittlauch. Angeblich gäbe es ohne bestäubende Fliegen und Verwandte auch keinen Kakao, also keine Schokolade, was für mich eine Katastrophe wäre. Vielleicht also doch eine klitzekleine Brosche, als Respektsbezeugung.

Und die Fruchtfliege? Sie treibt sich sommers bei uns nicht nur in der Küche, sondern auch im Bad und, warum auch immer, in meinem Arbeitszimmer herum.

Sie ist für die Forschung wichtig, zumal viele ihrer Gene denen der Menschen ähneln. Wer kennt die possierlichen Tierchen nicht aus dem Biologieunterricht? Ich erinnere mich an Chaos im Labor dank entfleuchter Populationen.

Fruchtfliegen zersetzen Kompost, ihre Larven werden gern von Käfern verspeist, die wiederum Vögel ernähren und so fort, erklärt Kriminalbiologe Dr. Mark Benneke. Er erinnert daran, dass unser biologischer Kreislauf, unser Ökosystem nur mithilfe von Insekten funktioniert.

Ob als Nahrungsquelle, Bestäuber oder fleißige Bodenbearbeiter – ohne Insekt kein Mensch, so kann man es wohl zusammenfassen.

Da wage ich es kaum, auch die Mücke zu überprüfen. Sie ist ebenfalls Teil der Nahrungskette, ob ausgewachsen oder als Larve. Sie reinigt Gewässer und bestäubt Pflanzen, zum Beispiel Kakaobäume. Willkommen, liebe Mücke.

„Aber Zecken können doch wirklich gar nichts!", rief eine Freundin, auch Hundebesitzerin. Erwartungsgemäß muss ich sie enttäuschen: Es gibt Lebewesen, denen Zecken schmecken, wie zum Beispiel Pilze und Würmer. Die Wissenschaft geht auch davon aus, dass sie wie weitere Parasiten dazu beitragen, die Bestände anderer Lebewesen zu regulieren. Das mag ein Nutzen sein, bei uns im Dorf ist es das eher nicht: Hier regulierten

Auwaldzecken in den letzten Jahren die Anzahl der Hunde, im Sinne von: reduzierten.

Ich wollte noch die Nacktschnecke nachschlagen, aber es läuft immer auf dieselbe Erkenntnis hinaus: Diese ganzen Tiere, die wir als lästig wahrnehmen, sind allemal nützlicher als wir Zweibeiner.

Okay, ich kann es nicht lassen: Mit den lustig gemusterten Tigerschnegeln hatte ich mich schon angefreundet, weil sie sich von anderen jungen Nacktschnecken und deren Eiern ernähren. Über die braunen und orangen Gesellen hingegen finde ich wenig Positives. Immerhin so viel: Sie fressen verwesende Pflanzen und Aas und machen sich bei der Humusbildung nützlich. Zur Bekämpfung könne man es mit Igeln oder Kröten versuchen – also nicht nur mit Laufenten. Igel sind zwar im Garten, aber nicht im eingezäunten Kräuterbeet anzutreffen. Ob ich doch über die Ansiedlung von Kröten nachdenken sollte? Wo sie doch auch gegen Kartoffelkäfer empfohlen werden?

Kann der Kartoffelkäfer auch irgendetwas, außer meine Kartoffelernte zu minimieren? Das interessiert mich nun wirklich nicht.

*

Kürbisslalom

„Willste 'ne Kürbispflanze?", fragte Christo, als ich ihm Bohnen für die Aussaat brachte.

Ne, danke, essen wir höchstens einmal im Jahr. Kürbis mag ich nur, wenn jemand anders ihn zubereitet. Und noch nicht mal Marc, leidenschaftlicher Koch, hat Lust, sich mit dem größten Fleischmesser durch die harte Schale zu arbeiten.

Tauschen und Abgeben ist hier im Dorf Usus, das hatten wir schnell gelernt und beherbergten bald zahlreiche, uns zum Teil unbekannte Pflanzen.

Ich finde das genial, schließlich hat jeder was anderes im Garten, wir ergänzen uns. Und spannend ist es für uns auch, wir kannten das nicht aus der Stadt. Immer was Neues, Überraschendes und wieder ein Grund, noch mehr über all das, was da wächst, zu lernen.

Der rege Tausch beginnt im Frühling, wenn die Nachbarn schon allerhand vorgezogen haben. Oft habe ich den Namen schon wieder vergessen, wenn ich zu Hause ankomme. Abwarten und heimlich mit der Pflanzen-App bestimmen.

Im letzten Sommer hatte mir eine Nachbarin eine gigantische Zucchini über den Zaun gereicht, davon hätte sie zu viele. In das Ding passten etwa acht Supermarkt-Zucchini rein – wer sollte das essen?

Ich bin überhaupt kein Fan, wollte aber der Nachbarin gegenüber nicht unhöflich sein. Marc war begeistert, wie gefühlt alle Menschen außer mir schwärmt er von dem Gemüse, man könne es so toll mit Hackfleisch füllen und mit Käse überbacken. Und stören würde es geschmacklich auch nicht. Na, weil es so viel Geschmack hat wie eine Klopapierrolle, auch die hätte ihren Reiz, wie fast alles, was mit Hackfleisch gefüllt und mit Käse überbacken wird. Aber die vielen Vitamine! Schon klar.

Dieses Frühjahr war es Anni, die mir ein Zucchinipflänzchen unterschmuggelte – sie brachte es mit, und da konnte ich es ihr schlecht wieder mitgeben.

„Was, du bist gar nicht so ein Zucchini-Fan?", fragte sie ungläubig. „Da kann man doch ganz viel mit machen ..."

„Marc wird bestimmt was Leckeres damit zaubern", versicherte ich ihr und dachte an Hackfleisch und Käse.

Im letzten Herbst erfreuten wir uns an der ersten Ernte von Äpfeln, Birnen und so fort. Und mit den Tomaten hatte es Marc etwas übertrieben. In der Nachbarschaft gab es andere Apfel- und Birnensorten oder sogar späte Pfirsiche. Das war alles sehr lecker, aber inzwischen auch sehr viel. Und Kürbisse gab es natürlich, en masse. Ein Kürbisslalom.

Arthur zeigte sich interessiert an einem Kilo Tomaten. Marc marschierte los, und wir frohlockten: Arthur war nicht als Gärtner von Nutzpflanzen bekannt, er hatte eher einen grünen Daumen für alles Schöne, üppig Blühende.

Marc kehrte mit einem eindrucksvollen Hokkaidokürbis zurück.

„Er ist so stolz, dass die bei ihm zum ersten Mal auf dem Komposthaufen gedeihen, da konnte ich nicht ablehnen", entschuldigte sich Marc und hievte das orange Monster aufs Sideboard. Ich gebe zu, dass die Suppe köstlich war.

Eine Herausforderung hier sind Sunny und Fred. Sie haben nämlich alles. Was das Tauschen schwierig macht, sie brauchen schlicht nichts. Jedes Mal geben sie uns was Tolles ab, ob alte Tomatensorten oder hübschen Cosmeennachwuchs. Ich würde ihnen gern etwas zurückgeben und versuche es immer wieder. Ich weiß, dass ich ihnen nicht mit etwas Gewöhnlichem kommen kann, es muss schon etwas sein, was hier nicht jeder im Garten hat.

„Braucht ihr vielleicht Borretsch? Haben wir ganz viel", versuchte ich es letztes Mal.

Sunny winkte nur ab.

Ich weiß noch nicht, was, aber irgendetwas Seltenes, idealerweise bienenfreundlich, lecker oder schön, werde ich anbauen, nur um die beiden zu beeindrucken und endlich mal zu hören: „Ja, gern, das haben wir noch nicht."

Das könnte dauern.

Einstweilen bin ich auf der Hut. Gestern war ich bei Christo, um nach dem Rhabarber zu schauen, aber der ist noch nicht so weit, vielleicht ist es einfach kein Rhabarberjahr. Ich brachte übriggebliebene Saatkartoffeln mit, zu schade zum Wegwerfen.

Ich hatte fünfunddreißig Knollen gepflanzt, und Marc merkte an, dass er gern noch etwas Platz im Beet für etwas anderes als Kartoffeln hätte.

Christo bedankte sich und meinte: „Warte, ich hab auch was für dich."

Er kam mit einem harmlos aussehenden Pflänzchen aus dem Treibhaus, lächelte verdächtig und reichte mir den Topf.

„Netter Versuch", entgegnete ich. Ich habe gelernt, wie Kürbispflanzen aussehen.

*

Wunderliches, groß und klein

Manchmal sind es Besucher, die uns auf Bemerkenswertes aufmerksam machen, an das wir uns schon längst gewöhnt haben. Wie unsere Freundin Christiane aus Berlin, die sonst die Großstadt nicht verlässt und, gerade bei uns angekommen, freudig ausruft: „Auf dem Weg hierhin ist so viel Landschaft!"

Wo sie recht hat.

Ich staune gern. Und seit wir auf dem Land leben, besonders viel. Ich staune täglich über die Natur, zu jeder Jahreszeit.

Über das Offensichtliche wie den weiten Himmel, das Licht.

Darüber, wie nach einem schwülen Sommertag ein Gewitter herangrollt, endlich Regen niederprasselt und wie die Luft danach riecht.

Über die Kraft eines stürmischen Hagelschauers und die Pflanzen, die sich danach wieder aufrichten.

Über ein Weizenfeld im Morgennebel, während das Rapsfeld auf der anderen Seite der Landstraße schon in der Sonne leuchtet. (Und darüber, dass ich vor Staunen nicht von der Fahrbahn abkomme.)

Auch über den Nebel, der sich bei Einbruch der Dunkelheit übers Feld legt und aus dem ein voller Mond aufzusteigen scheint, während am Nachthimmel schon die Sterne blitzen.

Über knallbuntes Herbstlaub vor einem bleigrauen Himmel, der Sturm ankündigt.

Über den ersten Schnee, wie immer, schon als Kind ging es mir so. Ein andächtiges, leicht ungläubiges Betrachten der ersten dicken Flocken, die leise zu Boden segeln. Als stünde die Welt still in diesem Moment.

Über eine Allee von Winterbäumen, überfroren und glitzernd, am Rand schneebedeckter Felder.

Über Vögel, wie tieffliegende Schwäne und die Formationen von Wildgänsen und Reihern. Seeadler zeigen sich weit oben am Himmel, der Milan fliegt tiefer und gibt sich durch seinen gegabelten Schwanz zu erkennen. Beeindruckend, allesamt.

Raubvögel im Garten sind wiederum so schnell, dass ich sie nur selten genauer anschauen kann. Sperber?

Inzwischen habe ich eine Vogel-App installiert, um möglichst viele unserer Gartenbewohner und -besucher zu bestimmen. Den Kuckuck erkenne ich gerade noch. Angeblich gibt es hier unter anderem auch Pirol und Nachtigall. Wenn ich also abends im Garten ein vielstimmiges Konzert höre, befrage ich die App. Genau dann ist es meistens schlagartig ruhig und die App meldet den Verdacht: „Amsel". Oder jemand quatscht rein und sie sagt: „Homo Sapiens". Ich bleibe dran.

Und viele Winzlinge, oft auf den ersten Blick unscheinbar, faszinieren mich immer aufs Neue.

Bei den Pflanzen sind es zum Beispiel die Knospen der Zinnie, eine Sommerblume, die ich bisher nie beachtet hatte. Man muss nur ganz nah dran gehen – was für ein meisterhaftes geometrisches Muster der noch geschlossenen Blüte.

Und die Kleinen unter den Tieren erst! Falter ohnehin, so viele Arten von Schmetterlingen flattern durch die Beete.

Neuentdeckungen sind auch dabei, wie der blendend weiße Minifalter, der im Beet auf einem Blatt saß, eine auf Winde spezialisierte Motte.

Auch der Falternachwuchs beeindruckt: Einmal erschreckte ich eine graue Raupe, die ein paar Zentimeter herumkroch, vielleicht zum Wachwerden, um dann veiztanzartig durchs Beet zu zucken – ich ging lieber auf Abstand.

Natürlich, es sind bloß *viele* Arten im Vergleich zu denen, die man in der Stadt sieht. Fast die Hälfte aller Tagfalter in Deutschland gilt als ausgestorben oder vom Aussterben bedroht.

Die Minischnecken an den Holunderbeeren hingegen wirken nicht, als wäre ihre Population gefährdet, und ich finde dazu auch keine alarmierenden Berichte. Es sind Häuschenschnecken, so winzig wie der Nagel eines kleinen Fingers. Zwei klitzekleine Fühler.

Kleine Fledermäuse zeigen sich hier auch oft, sie huschen in der Dämmerung von Baum zu Baum. Da staunen auch Besucher, wie unsere Freundin Christiane.

Wir sitzen zusammen an der Feuerschale und beobachten die Tiere, es sind viele, und sie sind schnell. Christiane findet sie interessant, sie sind ihr, gerade in der Menge, aber nicht ganz geheuer.

Plötzlich springt sie auf und schreit: „Die hat was fallen gelassen!"

„Na klar", meint Marc belustigt.

Wir schauen nach.

Auf der Bank, gleich neben Christiane, liegt tatsächlich ein beachtlich großer, dicker Käfer, er zappelt noch. Wir betrachten ihn aus sicherer Entfernung, bevor Marc ihn beherzt mit einer Hand in die andere wischt und ins nächste Beet wirft.

Marc und ich ergehen uns in Theorien, ob das ein Geschenk war, eine Drohung oder einfach eine ungeschickte Fledermaus.

„Erstaunlich!", rufe ich aus.

Christiane schüttelt sich und sagt entschieden: „Widerlich!"

Hoffentlich fallen ihr, wenn sie das nächste Mal über einen Besuch nachdenkt, weite Landschaften ein und nicht Fledermäuse und schon gar nicht dicke Käfer.

*

Lecker, lecker

Wir führen mal wieder ein Erziehungsgespräch. Marc schimpft mit mir. Diesmal geht es bei unserer Diskussion um das Thema Futter, genauer: Frühstück, wenn man das beim Hund so nennen kann.

Bisher gab derjenige von uns, der zuerst aufstand, Otto morgens die halbe Tagesration, und am frühen Abend gab es die zweite.

Seit dem Welpenalter funktionierte das bestens: Spätestens beim Geräusch der in die Metallschale fallenden Trockenfutterbrocken stand Otto parat und verfolgte das Anrichten genauestens. Wir brachten den aufmerksamen, hungrig und vorfreudig leicht sabbernden Hund ins Sitz und befahlen: „Warte!" Riefen: „Und los!", und Otto sprintete zur Futterschale, um diese so zügig wie geräuschvoll zu leeren.

Vor ein paar Monaten fing er an, sich morgens zu zieren. Da konnten wir noch so laut den Napf hin- und herschwenken und rufen, es interessierte ihn nicht.

Wir dachten, das wäre eine Phase: Spätpubertät, Hormone

und so. War es aber nicht.

Nach wie vor will Otto morgens selten fressen. Später vielleicht, dachten wir und verschoben sein Frühstück auf den Vormittag. Klappt auch nicht immer.

Oder Handfütterung. Anfangs gelang es oft, ihn so, an der Hand entlang, immer näher zur Schale zu führen, bis er den Kopf schon über ihr hatte und dort gleich weiter fraß.

Oder Reis, mit normalem Futter gemischt. Findet Otto spannend, aber auch nicht um jede Uhrzeit.

Mittags füttern? Führt dazu, dass er abends nichts mehr fressen will.

Nur noch abends füttern, dafür das Doppelte? Fast achthundert Gramm auf einmal ist ganz schön viel, aber vielleicht probieren wir das zumindest aus.

Noch eine Idee: keine Leckerlis zwischendurch. Kaum ausgesprochen, zog ich los mit Otto, Gassigang, wie immer kamen wir über die Camperwiese am Schloss. Dort saß ein freundlich dreinblickendes Paar am Klapptisch beim Frühstück. Otto wollte sie gern kennenlernen, und sie streichelten ihn ausgiebig.

„Das gefällt ihm", rief ich, „und so viele leckere Sachen auf dem Tisch!"

Prompt bot die Frau Otto eine üppige Scheibe Putenbrust an, die er freudig verschlang. So hatte ich das nicht gemeint, aber egal; würde Marc mich fragen, ob ich dem Hund unterwegs etwa was gegeben hätte, könnte ich ruhigen Gewissens verneinen – ich war's nicht.

Oder brauchen wir anderes Futter? Wir mischten noch teureres Trockenfutter vom Marktführer unter, Empfehlung der nächsten Zoohandlung. Das kam ein Mal sehr gut an bei Otto, wir frohlockten, doch am nächsten Tag war der Reiz des Neuen schon verflogen.

Noch ein Ansatz: Standortwechsel. Wir probierten es aus, die Futterschale nach draußen zu stellen, natürlich auf die Holzbank, damit das Tier seine Mahlzeit auf Kopfhöhe hat. Beim ersten Mal fraß er alles auf, danach war auch das neue „Esszimmer" nicht mehr interessant.

Manchmal frage ich mich, ob der Hund sich über uns lustig macht. Würde ich zumindest an seiner Stelle, ein bisschen.

Marc hat mich gerade erwischt. Es ist Vormittag, und er kam in die Küche, als ich doch noch mal versuchte, Otto ein paar Brocken Futter aus der Hand zu geben.

Aber mein Bezirzen half nicht, „Na, komm, hier, lecker, lecker, Ottooooo ..."

Der Hund schnüffelte nur mäßig interessiert und drehte mir wieder den Hintern zu.

„Was hatten wir denn besprochen?", fragt Marc streng.

Da ich solche Lehrer-Schüler-Frage-Antwort-Nummern hasse, entgegne ich bockig:

„Dass wir dem Süßen mindestens einmal pro Stunde etwas zu essen anbieten?"

Nein, ich weiß, bin ja nicht debil: Wir hatten uns geeinigt, endlich konsequenter zu sein, nach monatelangem Herumeiern: Wir stellen Otto fortan nur einmal nach dem morgendlichen Gassi etwas zu fressen hin, und wenn er keinen Hunger zeigt, wird der volle Napf aus seiner Reichweite entfernt, bis abends, jawoll.

„Wir müssen das auch durchziehen!", sagt Marc.

Kleinlaut gelobe ich Besserung.

Aber vor fünf Minuten schaute Otto kurz zur Arbeitsfläche, in Richtung Futterschale, also meinte ich zumindest, mit einem ganz traurigen, hungrigen Blick.

Wir verstehen den Hund nicht, aber ob seine zeitweise Essensverweigerung schlimm ist?

Es gibt viele Hundebesitzer, die ihren Tieren grundsätzlich einmal pro Woche einen Fastentag verordnen, weil es gesund sein, unter anderem den Verdauungstrakt entlasten soll. Hierzu gibt es aber auch andere Meinungen.

Otto schläft viel, noch mehr als zuvor, allerdings scheint er davon abgesehen nicht schlapp zu sein.

Und lieber ein schlanker Hund als ein Moppel, wäre ja auch nicht gut fürs Herz, für die Gelenke, für die Lebensqualität.

Andererseits ... Was, wenn der Kleine Probleme mit dem Magen hat, mit der Verdauung oder mit den Zähnen? Er kann es uns nicht mitteilen.

Kürzlich hatten wir so einen Fall: Otto muss etwas Falsches gefressen haben. Im Anschluss verzehrte er zwei Tage lang fast ausschließlich Gras, leider auch unser schattenspendendes Schilf. Um es dann en bloc – im Wortsinne – wieder auszuspeien. Erstaunlich, wie viel Gras in einen Hund passt, gleichzeitig nicht verwunderlich, dass da kein Platz mehr fürs Trockenfutter war.

„Dann fahr doch mit ihm zum Tierarzt!", rief Marc genervt, wissend, dass Otto gar nicht in mein Auto passen würde und ich Marcs Kastenwagen nicht fahren kann. Dabei ist er sonst derjenige, der sich zuerst sorgt.

Auch wenn unser Hund womöglich einfach ein verwöhntes

Einzelkind ist, wir werden das Thema natürlich beim nächsten Tierarztbesuch ansprechen.

„Ottoooo", flötet Marc nun. Er denkt, ich wäre im Bad, aber ich kann ihn hören und schleiche mich zurück.

„Na komm, Kleiner, du musst doch Hunger haben!", höre ich und luge um die Ecke. Da steht Marc und streckt Otto die rechte Hand entgegen, darauf Futterbrocken in etwas von meinem Lieblingsjoghurt, das auf die Fliesen tropft. Otto schleckt das Joghurt gründlich weg und lässt den Rest liegen. Ich schleiche davon, ich sag mal nichts.

*

Stadtluft

In Berlin-Spandau angekommen, nehme ich die U-Bahn bis zur Bismarckstraße, so habe ich ein gutes Stück Wilmersdorfer Straße vor mir, mit Rossmann und, wenn ich dann noch Zeit haben sollte vor meinem Arztbesuch, TK Maxx.

Ich mochte die Wilmersdorfer Straße immer, auch wenn sie wirklich nicht schön ist. Vielleicht eine Kindheitserinnerung: Fußgängerzonen. Und die sind in Berlin nun mal Mangelware.

Heute jedoch verschlechtert sich meine Laune schlagartig. Böse denke ich: Wenn man sich einen Eindruck vom Zustand der Menschheit in der Stadt oder womöglich sogar im Land verschaffen will, ist die Wilmersdorfer Straße nicht verkehrt. Voll und fies. Vor der Buchhandlung steht eine mittelalte Frau mit fettigem, kaputtblondiertem Langhaar und grölt. Menschen, die an ihr vorbeiwollen, pöbelt sie an. Ein junger Mann läuft kreuz und quer und wieder zurück und singt dabei laut und schräg „O sole mio". Ja, die Sonne scheint, haben wir alle mitbekommen. Hinter einer Säule springt ein anderer junger Typ hervor, in den Händen Klemmbrett und Stift, und ruft mir ein forderndes „Hallo!" entgegen. Umfrage, Mitgliederwerbung oder Macke, nichts wie weg.

Ich rieche diesen speziellen Mix aus Stadtsommer, Kloake und U-Bahn – auch wenn meine Nase verstopft ist, wie immer, sobald ich ein paar Minuten in Berlin herumlaufe.

Nach dem Besuch bei Rossmann gehe ich am TK Maxx vorbei, Blick geradeaus, ich brauche ja nichts. Ich habe noch Zeit, ich könnte was essen. Aber wo sollte ich mich hinsetzen mit meinem am Bahnhof gekauften Sandwich? Auf eine klebrige Bank inmitten des Irrsinns? Da fällt mir das kleine Café in einer ruhigen Seitenstraße ein.

Im Café kaufe ich ein belegtes Brot, schließlich kann ich dort schlecht mein mitgebrachtes essen, und suche mir einen Platz draußen. Ein älterer Herr sitzt an einem runden Tisch, der dicht an einem zweiten runden Tisch steht, das wirkt wie eine Einheit, sodass ich ihn frage, ob ich mich dazusetzen kann. Kann ich. Nun sind wir eine Art Teilzeitteam.

Das Brot entpuppt sich als zwei dick belegte Scheiben, viel zu viel. Ich frage den Herrn, ob er mir eine abnehmen möchte. Er lacht und weist auf seinen leeren Teller. Er habe gerade ein sehr großes Lachssandwich gegessen.

Der Herr hat einen Kopfhörer im Ohr, in einer Hand ein Smartphone. Er wirkt auf zurückhaltende Weise wohlhabend in seinem dezenten grauen Hemd zur Chinohose. Lockige grau-weiße Haare, eine erstaunliche Sommerbräune für Mitte Mai. Ich kann sein Alter schwer schätzen, alles ist möglich von intensiv gelebten siebzig bis gut erhaltenen achtzig Jahren. Er scheint Südeuropäer zu sein, nach seinem Akzent tippe ich auf Italiener. Er legt sein Smartphone auf den Tisch.

Ich erzähle, dass ich früher lange in einer Nebenstraße wohnte. In der Straße wohne er auch, an der Ecke mit der Galerie. Also wenn er in Berlin sei, er lebe zeitweise in Wien und Rom, manchmal auch in London. Ich frage mich, was er beruflich macht oder gemacht hat.

„Wo wohnen Sie denn jetzt?", fragt er.

„In Brandenburg. In der Prignitz", sage ich und lauere auf eine interessierte Nachfrage.

„Na, das ist *Ihr* Problem!", ruft er aus.

Ich muss so lachen, dass ich mich verschlucke. So eine Antwort habe ich bisher noch nie bekommen.

Ein Stadtmensch durch und durch! Er erzählt von Reisen, von anderen Städten weltweit, und wir sind uns einig, dass es nirgendwo so aggressiv zugeht wie im Berliner Straßenverkehr.

Er schwärmt vom Savignyplatz, vom Ku'damm, von den Charlottenburger Seitenstraßen, der Ruhe – im Vergleich zu anderen Ecken der Großstadt. Er habe eine Wohnung mit eigenem Parkplatz, ergänzt er, das sei ihm wichtig gewesen.

Aber an diesem Morgen habe er früh zum Blutabnehmen fahren müssen, mit leerem Magen. Danach musste er feststellen: Seine Einfahrt war zugeparkt. Er sei also zum Café gefahren, um erst mal zu frühstücken, und seitdem säße er hier. Es ist inzwischen früher Mittag.

Das finde ich recht entspannt. Der typische Einwohner, mein altes Stadt-Ich eingeschlossen, hätte wohl nach lauten Verwünschungen gleich die Polizei gerufen und den Übeltäter abschleppen lassen.

Ich schaffe dann doch beide Brote und hole mir noch einen Espresso, es ist gerade so nett. Bevor ich losmuss, erkläre ich dem Herrn noch, dass wir einen sehr großen Hund haben und es allein deshalb keinen Sinn gemacht hätte, in der Stadt zu bleiben.

„Was denn für einen?“

„Einen Leonberger!“

„Oooooh, ja dann!“

Irgendwie ist es mir offenbar wichtig, dass er doch versteht, warum ich auf dem Land lebe.

Wir wünschen uns alles Gute, ich mache mich auf den Weg, beschwingt. Und frage mich weiter, was der Herr wohl beruflich treibt oder trieb. Wie kommt man zu einem Vermögen, mit dem man sich mehrere Wohnsitze in Metropolen leisten und um die Welt jetten kann? Vorausgesetzt, er hat dieses nicht bloß gut vorgespielt. Hätte ich ihn doch gefragt. Aber er meinte zwischendurch, er sei mit den Inhabern des Cafés befreundet, und ich habe zu viele Krimis gesehen und komme gleich auf Betätigungsfelder wie Geldwäsche, da habe ich meine Frage lieber runtergeschluckt. Mist. So kann ich mir allerlei vorstellen, während ich im Wartezimmer sitze, und das Fabulieren in Gedanken unterhält mich bestens.

Im Anschluss werfe ich noch einen kurzen Blick in die Wilmersdorfer und finde sie gar nicht mehr so schlimm. Für heute.

*

Wegatmen

Gäste äußern sich über unser Gemüsebeet zumeist bewundernd. Wenn die wüssten.

Gut, ich bin stolz auf meinen selbst angelegten „Weidenzaun", beim NABU in einem Nachbardorf abgeschaut. Der sieht wirklich schön aus, allemal schöner als der zuvor übernommene Bauzaun. Und Otto hält er auch fern von alldem, was wir essen möchten. Den Zaun aufzubauen war kein Hexenwerk, nur die Vorarbeit war etwas mühsam: Wir hievten und zerrten stapelweise in erster Linie Haselnuss- und Ahornäste, zum Teil drei bis vier Meter lang, aus dem Garten einer Nachbarin zu uns. Schnell gilt es, die Zweige abzuschneiden – die Äste müssen verarbeitet werden, solange sie noch frisch und biegsam sind. Soweit gelungen.

Der Haselnuss-Ahorn-Weidenzaun könnte malerisch von Bohnen berankt sein, hätte nicht irgendein mistiges Tier die zarten Pflanzen gleich über der Erde abgebissen. Natur ist auch viel Wegatmen, das habe ich hier gelernt.

Ich nenne das Ensemble immer noch „Beet", für mich zumindest, unter „Feld" oder „Acker" stelle ich mir doch noch andere Dimensionen vor.

Eigentlich sind es drei Beete, jeweils etwa zwei Meter breit und sechs Meter lang. Letztes Jahr übertrieben wir es vielleicht etwas, es war unsere erste Selbst-Anbauer-Saison.

Dieses Jahr wollte ich alles richtig machen, also die Beetfolge beachten, fast alles musste umziehen. Dafür legte ich mir diesmal sogar eine PowerPoint-Datei an, in der ich unsere Beete abbildete und nun jedes Jahr eintragen kann, was wo wachsen soll. Marc belächelt das, mir hilft's. Sieht außerdem schön bunt aus.

Im linken Beet pflanzte ich Anfang April drei Reihen Kartoffeln. Da ich noch Saatkartoffeln übrighatte, pflanzte ich diese noch in der Mitte und rechts ganz ans Ende, dorthin, wo zuvor Brennnesseln dominiert hatten. Man kann nie genug Kartoffeln haben, dachte ich. Marc wollte den Mittelteil für Salat und Kohl nutzen, was etwas in Vergessenheit geriet. Dafür hatten sich die Erdbeeren gewaltig ausgedehnt – sie belegten nicht nur Platz außerhalb des Zauns, sondern auch Dreiviertel des rechten Beets sowie einen Teil des mittleren. Ich konnte gerade noch ein paar Möhren rechts aussäen und in der Mitte eine zweite Zucchini einpflanzen, ein weiteres nachbarschaftliches Geschenk, was soll man machen.

Während ich über die Masse an Erdbeeren staunte, bemerkte ich, wie in der Mitte und rechts, zwischen den Erdbeeren, zahlreiche robuste Blätter erschienen – etwa fünfzehn weitere Kartoffelpflanzen. Ich war bei meiner ersten Ernte im letzten Jahr nicht gründlich genug gewesen, und nun schoss aus vergessenen Knollen neues Grün. Ich googelte: Was macht man mit den Pflanzen, die aus liegengelassenen Knollen entstehen? Wachsen lassen und ernten, sagen die zahlreichen Gartenforen-

Nutzer, denen es auch so geht.

„Kartoffeln sind doch lange haltbar", hören wir nun ständig. Bloß bräuchte man dafür Platz, und wir haben im Hauswirtschaftsraum nur ein Regalbrett mit einer Holzkiste für Antonia, Krone und Lili vorgesehen. Ich könnte Marc vorschlagen, irgendwo im Garten aus den Backsteinen, die hier noch herumliegen, ein kühles, dunkles Kartoffellagerhäuschen zu bauen.

Die Erdbeeren zu pflücken, erwies sich als schwierig – mal trat ich auf Kartoffelgestrünk, mal zermatschte ich Beeren. Ich gab es irgendwann auf, zwanzig Gläser Marmelade reichen.

Alsbald muss ich die Erdbeeren umsiedeln, ins linke Beet. Aber dafür müsste ich zunächst die Kartoffeln ernten. Umsiedeln heißt: die alten Pflanzen rausreißen und nur ihre wurzelnden Ausläufer an anderer Stelle wieder einpflanzen. Das wird eine meditative Arbeit, und so wie es aussieht, kann ich sämtliche Nachbarn mit Erdbeer„babys" versorgen.

Hätte ich mich nicht so sehr auf diese Seite des Gartens konzentriert, wäre mir eher aufgefallen, dass eine der neuen Rosen von der Blattrollwespe befallen war, während sämtliche anderen Rosen Sternrußtau hatten. Man soll alle schadhaften Blätter abschneiden und im Hausmüll entsorgen, natürlich auch alle heruntergefallenen. So haben wir nun mehrere komplett kahle Pflanzen im Garten. Mit Ackerschachtelhalmsud soll man die Rosen dann kräftigen und neuerlichem Befall vorbeugen. Im letzten Jahr war ich noch genervt von viel zu vielen Ackerschachtelhalmen zwischen den Kräutern, nun fand ich nur eine Handvoll und musste Pulver bestellen.

An eine Rose kam ich nicht mehr heran – der Borretsch hatte

mittlerweile die Herrschaft im Kräuterbeet übernommen und unter anderem meinen Pfad überwuchert. Ich wusste nicht, dass der fast einen Meter hoch werden kann und sich auch gern querlegt. Fürs nächste Jahr versuche ich mir zu merken: nicht alle Austriebe stehen lassen. Einstweilen gibt es jede Woche neue Blumensträuße für den Küchentisch, die vor allem aus Borretsch bestehen, mal mit gelbblühendem Liebstöckel, mal mit weißblühendem Kerbel garniert.

„Das sind keine Blumen, das sind Kräuter", behauptet Marc.

Aber die wachsen hier nun mal.

Im Unterschied zu anderem. Vereinzelt lässt sich eine Cosmee blicken, an einer Stelle zeigt sich der Phlox. Sonnenhut und Rittersporn sind verschwunden.

À propos verschwunden: Ich hatte den Kirschbaum über Wochen beobachtet, voller Vorfreude, denn die Süßkirschen waren zahlreich und wirkten – im Unterschied zum letzten Jahr – weder angefressen noch wurmstichig. Sie sollten nur noch etwas reifen. Eines Morgens jedoch waren sie allesamt einfach weg. Einschließlich der einen Knupperkirsche am anderen Baum, der offenbar unter dem späten Frost gelitten hatte. Erste Frage: Was habe ich falsch gemacht?

Nichts, meinte Christo, der plötzliche Totalverlust würde auf einen Waschbären hindeuten. Tiere, die mir nicht sympathischer werden.

Frustrierend war auch die Bestandsaufnahme an den Weinreben: die dekorative an unserer Terrasse hat fast keine Trauben. Auch hier waren es wohl die späten Minustemperaturen.

Und dann entdeckte ich noch Flecken auf den Kartoffelblättern: Krautfäule. Der Super-GAU. Und jetzt? Noternte?

„Das ist doch kaum was", sagte Herr Schulz. „Kannste abwarten, muss nicht raus."

Meine Gartengefühle: ein Auf und Ab. Ich muss einsehen, dass ich nur begrenzten Einfluss habe, das fällt mir schwer. Frost, Waschbär, Dauerregen – immer wieder Überraschungen, in jede Richtung.

„Wie hast du denn die Hortensie so schön zum Blühen gebracht?", fragt Anni zum Beispiel und bewundert die leuchtenden rosa Blüten.

Das weiß ich ehrlich gesagt selbst nicht.

So wenig, wie ich weiß, warum eine mehr als zwei Meter hohe Sonnenblume im Gemüsebeet steht, warum wir auf einmal zwei Stockrosen haben, wieso der Lavendel sich so wohlfühlt, am Rand eines Beets auf einmal Dill blüht oder unsere Hühner mit Begeisterung Schnecken fressen.

Mal Schulterzucken, mal freuen, mal wegatmen – und dranbleiben, geduldig.

*

Ein ganz normaler Sommertag

Der Tag begann ganz harmlos. Ein Freitag Mitte Juni. Um sieben Uhr schlich ich mich aus dem Bett, Marc schlafatmete noch regelmäßig und sah sehr friedlich aus. Die Sonne knallte schon durch die Schlafzimmerfenster, Ostseite, was für Frühaufsteher.

Otto lag unten an der Treppe, öffnete die Augen halb und schloss sie gleich wieder.

Frühstück, Hühner füttern, an den Schreibtisch.

Marc stand auf, Otto auch, kurz, der Hund streckte sich und plumpste wieder um. Gegen halb neun ging ich mit ihm Gassi, wie jeden Morgen, eine Runde ums Schloss.

Es war schon warm, noch angenehm. Kein Mensch war unterwegs.

Otto schnüffelte sich durchs Gebüsch, während ich mich freute: Bald würde das Wochenende beginnen, wir hatten nichts vor, vielleicht würde ich endlich die ergonomische Gartenliege ausprobieren, die ich schon vor unserem Umzug gekauft hatte, vor über zwei Jahren, war ein Angebot. Einfach mal im Garten herumliegen, unter dem Knupperkirschbaum. Ich fragte mich, warum ich das nicht längst getan hatte.

Mein Handy vibrierte, aber ich ignorierte es.

Zu Hause empfing mich Marc in mittlerer Aufregung, er zog sich gerade seine Wanderstiefel an.

„Oschi ist verschwunden!", rief er.

„Wie, verschwunden?" Ich war verwirrt, Oschi marschierte doch ohnehin täglich auf seinen kurzen Beinchen allein durchs Dorf, wie er Lust hatte.

„Hast du die WhatsApp über den Dorfverteiler nicht bekommen?"

Doch mal aufs Handy schauen. Sunny hatte geschrieben: Oschi wäre den ganzen letzten Tag allein unterwegs gewesen und auch nachts nicht nach Hause zurückgekehrt. Das wäre noch nie vorgekommen, und sein Frühstück wäre ihm außerdem heilig. Ob jemand Zeit hätte, suchen zu helfen.

Wir trafen uns kurz darauf an der Brücke. Christo raunte uns zu: „Der liegt bestimmt gemütlich mit 'nem Huhn irgendwo im Gebüsch."

Sunny hatte das gehört und widersprach – Oschi wäre doch kein Hühnermörder! Dabei waren im Dorf durchaus ab und zu schon Hühner verschwunden oder lagen mit zerbissener Kehle herum, bloß war dies bisher keinem Hund nachzuweisen, und der Täter könnte natürlich auch ein Fuchs gewesen sein, ein Marder oder ein Raubvogel.

Wir waren zu siebt und teilten uns auf.

Ich fuhr mit dem Rad ums Dorf herum und rief nach dem Streuner, erfolglos. Wieder zu Hause, setzte ich mich an den Schreibtisch, da ich eine Arbeit abgeben musste. Marc kam später zurück und schüttelte den Kopf. Der Dorfverteiler schwieg.

Wie jeden Tag werkelte ich gegen Mittag etwas im Garten, hockte im Gemüsebeet, wo das Franzosenkraut überall aus der

Erde quoll. Von weitem sah ich Anni und Christo, die sich über den Gartenzaun mit Marc unterhielten, also packte ich die Harke ein und ging zu ihnen.

„Oschi ist wieder da!", rief mir Marc entgegen.

„Und wo war er?"

„Er saß auf dem verfallenen Grundstück im Gestrüpp und hatte ein Huhn am Wickel", sagte Christo und schien in seinen Bart zu grinsen.

Ach, Oschi, immer wieder Gesprächsstoff. Öfter schon hatten mich Touristen oder Menschen auf der Durchfahrt angesprochen: Was das denn für ein kleiner Hund wäre, so ganz allein, müsste man den irgendwo abgeben? Eine Frau hatte sogar bei uns geklingelt, weil sie sich Sorgen um den struppigen Kleinen machte. Der kommt aber augenscheinlich bestens allein zurecht.

Und wessen Huhn hatte er nun erwischt? Herr Schulz gesellte sich zu uns und meinte: „Das war wohl von uns. Merkt man ja sonst nicht, wenn eins fehlt, bei der Menge. Zwei totgebissene waren mir gestern gegen Abend aufgefallen. Ich dachte schon, der Fuchs wäre wieder tagsüber unterwegs."

Er zog weiter zu irgendeinem Arbeitseinsatz, einen Rasenmäher vor sich her schiebend.

Alle Handys vibrierten. Sunny schrieb, sie wollten sich gern bei allen bedanken, ab sechs gäbe es Bratwurst und Getränke. Anni und ich freuten uns, Christo schnaufte. Er müsste mal 'ne Pause machen, wir könnten aber später gern noch auf ein Bier bei ihm vorbeikommen.

Marc brummelte etwas von „Schon wieder Alkohol ..." Nachher ergänzte er: „Wir haben ja hier mehr Termine als früher in der Stadt!"

„Aber nur im Sommer", gab ich zu bedenken.

Erst mal was essen und eine Mittagspause einlegen, dachte ich, bei so viel Aufregung schon am Vormittag.

Als ich wieder aufwachte, war es kurz vor halb vier am Nachmittag, ich hatte vergessen, mir den Wecker zu stellen.

Vielleicht war der Schlaf nötig gewesen, mir steckte die Woche mit verhältnismäßig viel Arbeit in den Knochen und auch das letzte Wochenende mit Besuch von Freunden. Das war wieder eine schöne Auszeit vom Alltag gewesen mit den Gästen, ein positiver Ausnahmezustand, anstrengend auch. Waldspaziergang, Federball auf der Straße, Grillen, Feuerschale, lange zusammensitzen und reden, morgens trotzdem früh hoch.

Ich musste erst mal die bleierne Schwere meines komatösen Mittagsschlafs abschütteln.

Später saßen wir bei Fred und Sunny auf der Terrasse, mit Blick übers Gras, ein buntes Staudenbeet, den Feldrand.

Herr Schulz tauchte auf, Sunny wurde etwas rot und lief hektisch ins Haus, um mit ihrem Portemonnaie wiederzukommen. „Wie viel schulden wir dir für die Hühner?", wollte sie wissen.

Herr Schulz winkte ab und meinte: „Kauft mir doch lieber drei neue."

Oschi lag derweil friedlich neben dem Grill, es fehlte bloß noch ein kleiner Heiligenschein über seinem verzottelten Haupt. Fred blickte zu ihm, runzelte die Stirn, schüttelte leicht den Kopf und sagte, mehr zu sich selbst: „Da muss *doch* Jagdhund drin sein."

Eher Jagd- als Hütehund, so viel ist klar.

Fred schenkte Schnaps aus, den ich lieber mied. Sunny holte

Regenschirme, es hatte angefangen zu nieseln, aber es war so gemütlich und keiner wollte rein.

So saßen wir in der Runde, jeweils zu zweit unterm Schirm, und diskutierten munter Ideen für Events, die wir gern im Schloss, im Park oder auf der Festwiese veranstalten würden. Für Schabernack, den wir gemeinsam im Dorf treiben könnten. Vom Krimidinner bis zum Besetzen des leerstehenden alten Hauses in der Ortsmitte, wir wurden immer kreativer. Vielleicht an Halloween als Zombiepuppen an den Straßenrand stellen oder zusammen losfahren und in Nachbardörfern gruselig verkleidet an den Türen klingeln?

„Ne, da mach ich nicht mit", rief Herr Schulz, „aber ich würde euch fahren."

„Ja", gab Anni zurück, „sei unser Geister-Fahrer!"

Marc verabschiedete sich, der Schnaps zeigte Wirkung. Anni und ich tranken unseren Sekt aus und machten uns auch auf den Weg. Es hatte aufgehört zu regnen und wir waren etwas aufgekratzt. Es wurde langsam dunkel.

„Wie spät ist es denn?", fragte Anni.

„Kurz nach halb zehn."

„Dann können wir ja noch bei Christo vorbeigehen."

Anni öffnete das Tor, Bella begrüßte uns schwanzwedelnd. Christo lugte aus der Haustür und fragte: „Was wollt ihr denn hier?"

„Na, Bier trinken!"

„Ich war gerade auf dem Weg ins Bett, hab schon alles abgeschlossen ... Egal, setzt euch. Aber nur ein Bier!"

Wir ließen uns auf die Terrassenstühle fallen, Christo zog seinen Schlüsselbund aus der Hosentasche und schlurfte zum

Schuppen, wo der Getränkekühlschrank steht.

„Ach sch...", Christo fluchte ausgiebig, wir wunderten uns.

„Der Schlüssel ist abgebrochen", erklärte er.

„Und jetzt?", fragte ich.

„Jetzt gibt's noch die Hundeklappe", meinte er trocken.

Wir sahen uns an. Christo griff sich ins Kreuz, ich schätzte ab, dass meine Schultern bestimmt zu breit für die Klappe wären, Anni seufzte, legte sich auf den Bauch und robbte in den Schuppen.

„Drei Bier bitte", rief Christo heiter.

Wir saßen schließlich mit unseren Bierflaschen matt beieinander und bestätigten uns gegenseitig, dass es Zeit für ein paar ruhige Tage wäre. In zwei Wochen würde schon wieder das Mittelalter-Festival stattfinden. Ich erinnerte mich, dass mir dort letztes Jahr das Kirschbier so gut geschmeckt hatte, die höllischen Kopfschmerzen am nächsten Morgen hatte ich auch nicht vergessen. Und dass wir alle den zweiten Festival-Tag verpasst hatten, weil wir bei Anni versackt waren und schließlich keiner mehr Lust hatte, noch mal loszuziehen.

Ja, jetzt würden wir es alle die nächsten Tage ruhig angehen lassen.

Unsere Handys vibrierten. War Oschi wieder abgehauen?

Es war Arthur. Er plante, am nächsten Abend am Feuer zu sitzen, es sei doch Mittsommer, und er würde sich sehr auf uns freuen.

„Ihr müsst jetzt gehen", nuschelte Christo schläfrig.

Wir wünschten ihm eine gute Nacht und riefen noch: „Bis morgen!"

In der Nacht schlief ich unruhig und träumte, dass ich mich an einem stillen, weißen Wintertag auf meiner ergonomischen Liege ausstreckte und den Flocken beim Fallen zusah.

*

Dolores, endlich

Ich war zu Besuch bei Arthur. Auf dem Rückweg ging ich durch den Schlosspark – und erstarrte: Da guckte mich doch Otto an? An der Leine einer großen Frau mit kurzen, wilden Locken. Das konnte nicht sein. Wie ferngesteuert näherte ich mich den beiden.

Die Frau lächelte mich an, ich mochte sie auf Anhieb.

Der Doppelgängerhund schnüffelte freundlich an mir.

„Du bist doch die, die auch einen Leonberger hat?", meinte die Frau.

Wie schnell sich hier alles herumspricht.

„Ich bin Lea, und das ist Dolores", ergänzte sie.

Wir kamen ins Plaudern. Dolores ist ein paar Monate älter als Otto. Auf den zweiten Blick sah ich – natürlich – Unterschiede, zum Beispiel hat sie etwas helleres Fell und eine längere Schnauze. Warum die Hündin so einen komischen Namen hat, würde ich auch noch herausfinden.

Sie wohnen ein paar Dörfer weiter, erzählte Lea, auch noch nicht so lange. Wir sprachen über die Herausforderung, für so einen großen Hund einen Spielkameraden zu finden.

Einen Kumpel zum Raufen und Rennen hatte Otto bisher nur an unserem verlängerten Wochenende im „Hunderesort" kennengelernt. Dabei waren da fast nur Hovawarte zugegen gewesen – nicht klein, aber überhaupt nicht geneigt, sich mit unserem Wildfang abzugeben.

Wir hatten das Gelände mit all den Beschäftigungsangeboten für die Tiere erkundet. Erwartungsgemäß passte Otto weder durch den Tunnel, noch interessierte er sich für den Balancier-Parcours.

Da kam ein dackelgroßes Wesen auf ihn zugestürmt – Fridolin, ein Mix, wild und angstfrei, die beiden balgten sich und flitzten zusammen durch die Wiesen. Wir „Hundeleltern" genossen den Anblick, die anderen meinten, dass sie auch selten für Fridolin einen Hund zum Spielen finden würden, weil der so ungestüm war. Er turnte auf Otto herum, der sich das offenbar gern gefallen ließ, mal kletterte der Kleinere auf seinen Rücken, mal nutzte er Ottos Bauch als Trampolin.

Leider gibt es hier keinen furchtlosen Fridolin.

Lea und ich verabredeten uns.

Und so steht sie nun mit Dolores bei uns vorm Tor.

Otto rennt aufgeregt auf und ab, bis ich die beiden reinlasse und sich die Hunde beschnuppern können. Lea lässt die Hündin von der Leine, auf geht's. Dolores wirkt noch aufgekratzter. Sie stehen sich gegenüber, Otto mit erhobenem Kopf, Schwanz in die Höh, gerader Rücken, aufgerichtet. Dolores macht sich platt und schaut zu ihm hoch. Premiere! Sonst versucht Otto doch immer zu den anderen potenziellen Freunden aufzuschauen, egal ob Kaukase oder Chihuahua.

Vielleicht, weil das hier sein Revier ist? Unwahrscheinlich, bisher neigte er so gar nicht zum Revierverteidigen.

Die beiden versuchen sich in freundlichem Ringkampf, stieben auseinander, rennen um die Wette und wieder von vorn. Ab und zu schaut Otto kurz zu mir rüber und scheint ungläubig zu fragen: *Passiert das hier gerade wirklich?!?*

Irgendwann trinken sie gemeinsam aus dem Eimer, legen sich erschöpft zu uns auf die Terrasse und hecheln um die Wette.

Wir wollten uns beim Kaffee unterhalten, haben nun aber vor allem fasziniert unsere Kleinen beobachtet, sind ihnen durch den Garten gefolgt und haben Fotos geschossen. Lea wirkt genauso verzückt wie ich mich gerade fühle. Reden können wir immer noch.

Denn wir sehen uns jetzt öfter.

*

Zuhause ist hier

Neulich schickte mir meine Tante per WhatsApp einen Marketing-Clip über die Kleinstadt, in der sie, mit Unterbrechungen, seit über sechzig Jahren lebt.

„Das ist meine Heimat!", schrieb sie, und es klang stolz.

Ohne groß nachzudenken, antwortete ich: „Meine Heimat ist Dortmund, aber mein Zuhause ist hier."

Und später fiel mir auf: Das ging doch ganz schön schnell, dass nicht nur aus einem Haus, sondern auch aus einem Dorf, einem Landstrich, ein Zuhause geworden ist.

„Heimat" bedeutet für mich: Da bin ich geboren, groß geworden.

Marc sagt: „Ich habe keine Heimat."

Auch für ihn hat der Begriff mit Verankerung zu tun, und seine Familie zog, als er klein war, öfter um, von Stadt zu Stadt. Er fühlt sich nirgendwo so richtig verankert.

„Aber mein Zuhause ist jetzt auch hier!", sagt er.

Wie ich empfand er Berlin nie als Heimat, obwohl er dort lange lebte.

Sich-zugehörig-Fühlen, Verbundenheit. Wenn ich durch

Dortmund fahre – und der Weg durch die Innenstadt mit ihren Baustellen, dem Grau, dem Leerstand ist wirklich nicht schön –, dann bin ich in meiner Heimat, freue mich über BVB-Graffiti und die vertraute direkte Art der Menschen. Aber zu Hause fühle ich mich schon lange nicht mehr.

Wie wird denn aus einem neuen Ort und einem fremden Haus ein Zuhause?, fragte ich mich.

Es ist schon mal hilfreich, dass alles hier unseren Vorstellungen entspricht, dem Grund unseres Umzugs: Es ist sehr ruhig und sehr grün. Das Haus ist gemütlich, der Garten macht nicht nur Arbeit, sondern auch viel Freude.

Otto würde wohl seinen dicken Kopf schütteln und sagen: *Wo unser kleines Rudel zusammen ist, da ist „zu Hause". Und so schön viel Platz und alles meins.* Er fühlt sich schon ganz als Schlosshund und Ortsvorsteher.

Aber in erster Linie liegt es an den Menschen, die uns umgeben, dass wir angekommen sind. Hier wurden in wenigen Monaten aus Nachbarn Freunde.

Gibt's auch in der Stadt, dass man sich hilft, wenn man im selben Haus wohnt, aber hier ist es selbstverständlich, dass sich die Nachbarn gegenseitig unterstützen, dass man tauscht und schenkt. Dass wir am Gartenzaun plaudern, Feste zusammen feiern. Uns mit vielen auch mal abends treffen, an der Feuerschale, am Ofen, auf ein Bier, aus dem dann ein paar mehr werden. Dass ich einfach spontan bei jemandem vor der Tür stehen kann, wenn mir die Decke auf den Kopf fällt, wenn ich jemanden zum Reden brauche, zum Lachen.

Dass wir angefangen haben, zusammen zu Demos zu fahren. Und das dann nicht nur wichtig, sondern auch so gut finden, zusammen unterwegs zu sein, dass daraus gleich die Idee zu gemeinsamen Ausflügen entstand.

Und dass nicht alle im Dorf gleiche Ansichten haben, wir aber trotzdem weiterhin miteinander reden und feiern können.

Ob wir doch mal zu Halloween in ein anderes Dorf einfallen und die Leute ganz furchtbar erschrecken in den Bettlakenkostümen, die wir uns schon detailliert ausgemalt haben, oder mit der Schmalspurbahn fahren und einkehren – wer weiß, was uns noch alles einfällt. Ich freu mich drauf!

*

Zugabe 1)
Off-topic: Bei der Arbeit – Feedback

Meine Mutter sitzt in ihrem Lesesessel und liest – mein Buch. Stumm, aber immerhin zügig.

Testleser einer frühen Vorversion hatten behauptet, beim Lesen durch lautes Lachen in der Regionalbahn aufgefallen zu sein. Meine Mutter liest völlig geräuschlos.

„Gefällt's dir denn?", frage ich dann doch.

„Ja natürlich gefällt es mir!", sagt sie und klingt etwas angestrengt, aber das kann meine Interpretation sein. Ich warte, ob noch etwas kommt, nein, sie blättert um.

Feedback ist wichtig. Bei meiner Arbeit als Lektorin achte ich darauf, an dem, was andere geschrieben haben, – konstruktive – Kritik zu üben, die den Kunden im besten Falle weiterbringt und seinen Text besser macht.

Natürlich könnte ich am Seitenrand anmerken: „Dieses Kapitel ist strunzlangweilig." Stattdessen versuche ich das so zu umschreiben, dass derjenige, der das Kapitel verbrochen hat, nach Lesen meiner Kritik nicht denkt: „Ich kann's halt nicht, ich geb's

auf" oder: „Die Alte spinnt ja, ich suche mir eine neue Lektorin."
Also schreibe ich eher etwas Erklärendes und mache Vorschläge,
sodass der Kunde sich idealerweise angespornt fühlt, sein Werk
zu überarbeiten. À la: „Das Kapitel würde ich etwas straffen, um
das Handlungstempo hoch zu halten. Zum Beispiel könnte dieser Satz meines Erachtens raus: […] Die Figuren könnten noch
lebendiger wirken, wenn […]" So in der Art.

Zum ersten Mal habe ich nun selbst ein Buch geschrieben
und merke, dass ich auch Feedback brauche. Was tut man da?
Freunde, die sich interessiert zeigen und idealerweise von Be-
rufs wegen selbst mit der Arbeit an Texten zu tun haben, sind
perfekte Testleser. Sie wissen, wie man konstruktive Kritik übt
und trauen sich das auch.

Andere Freunde hingegen sollte man besser verschonen, habe
ich nun gelernt, auch wenn sie noch so freudig rufen: „Klar,
schick mir dein Buch, lese ich super gern, bin doch neugierig!"

Manuskript mailen, zwei Wochen abwarten, vergewissern,
dass die E-Mail-Adresse noch stimmte, die Mail angekommen war.

„Noch nicht dazu gekommen."

Macht ja nichts. Zwei Monate warten, noch einen, Haken dran.
Ich glaube, viele wagen es nicht, offen zu sagen, was ihnen nicht
gefällt, auch weil nicht jeder weiß, wie man das motivierend
hinbekommt, also so, dass man nachher immer noch befreundet
ist. Es gibt natürlich noch andere mögliche Erklärungen, die mir
alle im Laufe der Monate in den Sinn kamen: keine Lust, keine
Zeit, vergessen, persönlicher Schicksalsschlag, was weiß ich. Ich
bin etwas enttäuscht und ratlos (im wahrsten Sinne).

Nun regt sich meine Mutter doch, sie schaut mich an und sagt, offensichtlich auf Seite hundertfünfzig angekommen, empört: „Dein Wellensittich ist nicht bei uns aus Kummer gestorben! Das stimmt nicht!"

Ein Feedback, na bitte, wenn auch überhaupt nicht konstruktiv.

*

Zugabe 2)
Vorsicht – ein Gedicht! – Einkaufen in Brandenburg[1]

Alles aus
Lauch, Joghurt, Butter, Wurst,
Pizza, Chips, Bier, Klopapier
– alles ist aus.
Ich muss einkaufen.
Ich hasse Einkaufen.
Netto, sonst gibt's ja hier nichts.
Keiner ist wie der andere,
nicht wie bei Rossmann.
Oder ich hab's nicht kapiert.
Mein Netto: Hier kenn ich mich aus.
Okay.

Obst
Der Vormittag: voll. Die Rentner.

---

1   Motto (nicht von mir vorgegeben) für dieses Gedicht war das Thema „Einkaufen".

Die Arbeitssuchenden. Und ich.

Aber vor allem die Rentner. Gern zu zweit.

Mandarinen betatschen:

„Sind die früsch?"

Jetzt nicht mehr, nachdem du sie angepatscht hast.

Für mich

heute keine Mandarinen.

Schmalz und Chips

Alles voller Wagen, mitten im Weg.

Schieb den doch an den Rand, vors Butterschmalz.

Kauft eh keiner.

„Entschuldigung, wo ist denn das Butterschmalz?"

Ach scheiße,

bin ja schon weg.

Die Chips waren doch hier.

Genau hier.

Doch bald ist Weihnachten.

Alles voller Lebkuchen.

„Entschuldigung, wo sind denn die Chips?"

„Janz hinten links."

Ein Umweg.

Ich mag keine Umwege.

Ich will hier raus.

Kasse

„Zweite Kasse bitte!"

Ja, wär schön.

Licht am Ende

der Kassenschlange:

Ich kann schon den Parkplatz sehen.

Mein Auto. Gleich.

Ne, dauert noch.

Vor mir biegt sich der Wagen.

Kunstvoll gestapelt.

Was kaufen die denn alles?

Ganz oben thront das Butterschmalz.

„135,89.“

Kundin sucht Portemonnaie.

„Moment, ich hab's passend. Huch.“

Kleingeld ergießt sich

aufs Kassenband.

Nächstes Mal nachmittags?

Ist noch schlimmer,

nur Gestresste,

die Einkaufen hassen.

***

Sämtliche Personen und Örtlichkeiten in diesem Buch sind frei erfunden, abgesehen von der Prignitz und dem Junghund.

Quellen

- Benecke, Dr. Mark: „Nervig, aber nützlich – was wir über Fruchtfliegen wissen sollten." In: *Dr. Mark Benecke Online.* 29.09.2023. https://home.benecke.com/publications/nervig-aber-nuetzlich-was-wir-ueber-fruchtfliegenwissen-sollten
- Berlin-Brandenburgische Akademie der Wissenschaften: *DWDS. Etymologisches Wörterbuch des Deutschen.* https://www.dwds.de/wb/etymwb/Ein%C3%B6de
- Berndorf, Jacques: *Eifel-Träume.* Dortmund (15. Aufl.) 2004.
- Bickelmann, Jonas: „Brandgefahr – Ohne Kiefern wären Brandenburgs Wälder sicherer." In: *Tagesspiegel Online.* 30.07.2019. https://www.tagesspiegel.de/potsdam/brandenburg/ohne-kiefern-waren-brandenburgs-walder-sicherer-7887589.html
- Budde, Joachim: „Warum man Fliegen lieben muss." In: *Deutschlandfunk Kultur Online.* 31.01.2019. https://www.deutschlandfunkkultur.de/unterschaetzte-tiere-warum-man-fliegen-lieben-muss-100.html
- Bundeszentrale für gesundheitliche Aufklärung (Hrsg.): „Hantaviren." In: *BZgA Online (infektionsschutz.de).* O. D. https://www.infektionsschutz.de/erregersteckbriefe/hantaviren/#c832
- Bundeszentrale für gesundheitliche Aufklärung (Hrsg.): „Supermarkt." Werbespot „Gib AIDS keine Chance". 1987.

https://www.bzga.de/mediathek/themen/hiv-sti-praevention/v/supermarkt/

- Chevallier, Andrew: *Das große Lexikon der Heilpflanzen. 550 Pflanzen und ihre Anwendungen.* London 2017.
- Deutsche Wildtier Stiftung: *Haselmaus. Kletterkünstler in der Strauchschicht.* Hamburg O. D. https://www.deutschewildtierstiftung.de/wildtiere/haselmaus
- Dudenverlag: *DUDEN Online.* https://www.duden.de
- Ewert, Katrin und Reske, Vanessa: „Das solltest du über Mücken wissen." In: *Quarks Online.* 14.08.2020 (aktualisiert: 07.02.2022). https://www.quarks.de/umwelt/tierwelt/das-macht-dich-zu-einem-magneten-fuer-muecken/#m%C3%BCcke7
- *Feierabend.* [Loriot-Sketch] Deutschland 1977.
- Göing, Stephanie: „Fruchtfliegen: Unterschätzte Haustiere." In: *Süddeutsche Zeitung Online.* 18.08.2018. https://www.sueddeutsche.de/wissen/fruchtfliegen-das-unterschaetzte-haustier-1.4094291
- Krinninger, Theresa: „Wozu sind Mücken eigentlich gut?" In: *Bayerischer Rundfunk Online.* 28.08.2022. https://www.br.de/nachrichten/wissen/wozu-sind-muecken-eigentlich-gut,S8wwmKQ
- Kruse, Niels: „Wozu sind die Plagegeister eigentlich gut?" In: *stern Online.* 11.08.2015. https://www.stern.de/panorama/wissen/natur/muecken--wespen--nacktschnecken---wozu-sind-die-plagegeister-eigentlich-gut--6377864.html
- Landkreis Prignitz: „Bevölkerungsstand Landkreis Prignitz: Oktober 2023. In: *Landkreis Prignitz Online.* https://www.landkreis-prignitz.de/globalcontent/documents/

landkreis-verwaltung/Daten-Fakten-Zahlen/bevoelkerung_
lds_2023_10_31.pdf

- Laudert, Doris: „Die Birke – Symbol des Neubeginns." In:
  Bayerische Landesanstalt für Wald und Forstwirtschaft Online.
  O. D. https://www.lwf.bayern.de/mam/cms04/wissenstransfer/
  dateien/w28_die_birke-symbol_des_neubeginns.pdf
- Max-Planck-Gesellschaft zur Förderung der
  Wissenschaften e.V. (Hrsg.): „Die Mimik der Mäuse."
  In: *Max-Planck-Gesellschaft Online.* 2020. https://www.mpg.
  de/14635207/0330-psy-056402-die-mimik-der-maeuse
- Ministerium für Ländliche Entwicklung, Umwelt und
  Landwirtschaft des Landes Brandenburg (Hrsg.): *Mäuse.*
  Waldschutz-Merkblatt 55. Eberswalde 2016. https://forst.
  brandenburg.de/sixcms/media.php/9/ws_maeuse_2016.pdf
- O. V.: „Amulett in Form einer Fliege." In: *Museum für Kunst und*
  Gewerbe Hamburg Online. O. D. https://sammlungonline.mkg-
  hamburg.de/en/object/Amulett-in-Form-einer-Fliege/1917.83/
  dc00123812
- O. V.: „Bienen schlafen nach Berufen getrennt." In: *stern*
  Online. 2014. https://www.stern.de/panorama/wissen/natur/so-
  entspannen-die-fleissigen-insekten-bienen-schlafen-nach-
  berufen-getrennt-3943738.html
- O. V.: „Darum gibt es immer weniger Falter." In: *ARD alpha*
  Online. Stand 26.09.2022. https://www.ardalpha.de/wissen/
  natur/tiere/artenschutz/rote-liste/schmetterlinge-falter-
  artenschutz-biodiversitaet-insektensterben-100.html
- O. V.: „Den Vorgarten gestalten und bepflanzen – Ideen
  und Tipps." In: *Schoener-wohnen.de.* O. D. https://www.
  schoener-wohnen.de/einrichten/garten-terrasse/39081-rtkl-

gartengestaltung-den-vorgarten-gestalten-und-bepflanzen
- O. V.: „Die Buche – Baum des Jahres 2022." In: *Bayerische Landesanstalt für Wald und Forstwirtschaft Online.* O. D. https://www.lwf.bayern.de/waldbau-bergwald/waldbau/087051/index.php
- O. V.: „Im Reich der Bäume › Quercus Robur › Stiel-Eiche › Q. Petraea – Trauben-Eiche › Mythologie und Brauchtum." In: *Georg-August-Universität Göttingen Online.* O. D. https://www.uni-goettingen.de/de/mythologie+und+brauchtum/16703.html
- O. V.: „Klein ganz groß." In. WWF Deutschland Online. *WWF Magazin 02.21.* S. 26 ff. https://www.wwf.de/fileadmin/fm-wwf/Publikationen-PDF/WWF_Magazin/WWF-Magazin-0221-Brommi.pdf
- O. V.: „Schnellstarterin und Weltenbummlerin. Die Gemeine Stubenfliege (Musca domestica) im Porträt." In: *NABU Online.* O. D. https://www.nabu.de/tiere-und-pflanzen/insekten-und-spinnen/fliegen-und-muecken/26474.html
- O. V.: „So machen Sie Glasscheiben vogelsicher. Tipps gegen Vogelschlag an Glas." In: *NABU Online.* O. D. https://www.nabu.de/tiere-und-pflanzen/voegel/helfen/01079.html
- O. V.: „Zecken haben einen Nutzen." In: *MDR Online* [Seite nicht mehr abrufbar/Stand 06/2024]. O. D.
- *Papa ante Portas.* [Film] Deutschland 1991.
- Rajaei, Hossein: „Schlafen Insekten? Antwort von Hossein Rajaei." In: *SWR3 Online.* O. D. https://www.swr3.de/aktuell/kurze-frage-kurze-antwort/schlafen-insekten-kurze-frage-100.html
- RBB Antenne Brandenburg: „Die Silvester-Hitparade." In: *RBB Online.* O. D. https://www.rbb-online.de/30favoriten/

archiv/2023/die-silvester-hitparade/die-silvester-hitparade-platzierungen.file.html/Platzierungen100_DieSilvester-Hitparade_2023.pdf

- Riederer, Marlene: „Werkeln im Garten: So vermeiden Sie eine Hantavirus-Infektion." In: *BR Online*. 2024. https://www.br.de/nachrichten/wissen/hantavirus-maeusekot-gartenarbeit-so-schuetzen-sie-sich,RLkQOpL

- Schulte von Drach, Markus C.: „Frage der Woche: Trauern Tiere?" In: *Süddeutsche Zeitung Online*. 2010. https://www.sueddeutsche.de/wissen/frage-der-woche-trauern-tiere-1.587470

- Spence, Ian & Royal Horticultural Society: *Das Gartenjahr: Die richtige Planung Monat für Monat*. London 2021.

- Stoll, Sebastian: „Frau findet 55 Jahre alten Hochzeitskuchen – und will ihn essen." In: *SPIEGEL Online*. 23.01.2024. https://www.spiegel.de/panorama/kanada-frau-findet-55-jahre-alte-hochzeitstorte-in-gefriertruhe-und-will-sie-essen-a-e414fcc5-35d9-4de0-a95a-399baa2d333a

- Ulrich, Viola: „Daran erkennst du, wie es einer Maus geht." In: *WELT Online*. 2020. https://www.welt.de/kmpkt/article207452739/Gesichtsausdruck-einer-Maus-verraet-wie-es-ihr-geht.html

- Wachstumskern Prignitz: „RWK Prignitz – Zahlen | Daten | Fakten." In: *Wachstumskern Prignitz Online*. O. D. https://www.wachstumskern-prignitz.de/seite/405854/zahlen-daten-fakten.html

- Willig, Hans-Peter: „Chamaechorie." In: *biologie-seite.de*. O. D. https://www.biologie-seite.de/Biologie/Bodenroller

Dank an ...

... meinen Mann, der sich wieder als Erstleser zur Verfügung stellte und mein wichtiger Erstkritiker war. Du bestärkst mich und bist immer für mich da – n-mal danke, dass es dich gibt!

... Annika Magdorf, Adlerauge.

... Kerstin Kühl, Kai Sinzinger, die Layoutzauberer.

... unsere Nachbarn: Ohne euch gäbe es „Otto" nicht! Ihr kommt sogar zu meinen Lesungen, auch wenn ihr alles schon einmal gelesen und gehört habt. Ihr seid halt, ich wiederhole mich, die Besten!

Und sonst?

Ich bin nicht in den sozialen Medien, hab ja genug anderes zu tun. Aber ich freue mich über Lob, Kritik, Fragen, Tipps ... per E-Mail an andorn@evaandorn.de. Oder schauen Sie gern vorbei auf www.evaandorn.de – hier stelle ich ab und zu neue Geschichten ein, je nach Zeit und Laune.